W0273823

EIERKRATZ-KOMPLOTT

Ein Stinatz-Krimi

Thomas Stipsits

EIERKRATZ-KOMPLOTT

Ein Stinatz-Krimi

ueberreuter

MIX
Papier | Fördert gute Waldnutzung
FSC® C083411

1. Auflage 2022

ISBN 978-3-8000-9009-9
ISBN 978-3-8000-9909-2 (E-Book)

Lektorat: Marina Hofinger
Covergestaltung: Saskia Beck, s-stern.com
Umschlagfotos: © Barbara Wirl, wirlphoto.at
Foto hintere Innenklappe: Marko Zlousic, zlouma.at
Satz: Sabina Karasegh, skgh.at
Druck und Bindung: CPI Moravia Books, s. r. o, Pohořelice

Für Geli Oma und Dida Oma

1.

Darf man einen schlechten Menschen der Gerechtigkeit wegen ermorden? Ich habe keine Antwort auf diese komplexe Frage.

Ich stehe direkt vor seiner Tür. Das Eierkratzmesser umklammere ich fest mit meiner rechten Hand. Ich gebe die Zahlenkombination 25687 in das elektronische Zahlenschloss neben der Klingel ein. Ein leises Surren ist zu hören, danach öffnet sich die schicke Eingangstür. Zögernd trete ich ein. Das Haus wirkt verlassen. Vorsichtig gehe ich durch den Vorraum in die großzügige Wohnküche. Ich höre das Ticken der Küchenuhr. Welch verfluchte Stille doch so eine tickende Uhr erzeugen kann!

Ich beginne zu zweifeln. Noch wäre es möglich, umzudrehen, noch ist nichts geschehen, noch habe ich kein Schicksal beeinflusst. Zugegeben, es war eine tragische Geschichte.

Schwindel überkommt mich, meine Beine beginnen zu zittern. Es läuft mir heiß und kalt über den Rücken. Vor mir beginnt die Einrichtung zu verschwimmen, als würde ich meine Augen ganz fest zusammenpressen, aber nicht schließen. Mein Magen beginnt zu rebellieren. Ich schmecke Magensäure, meine Augen tränen. Gerade kann ich noch verhindern, dass ich mich erbreche. Tief atmen. In den Bauch. Ich denke an meinen imaginären Rucksack. Darin habe ich eine Familienpackung Mut verstaut.

Mein Verstand lässt mich im Stich, meine Gedanken sind wie Treibgut in der Brandung. Natürlich bin ich feige. Ich fürchte mich davor weiterzugehen, nach ihm zu suchen und endlich auszusprechen, was ich all die Jahre tief in mir verborgen hatte. Wahrscheinlich hätte ich es nie gewagt, doch dann erlebte ich plötzlich neues Glück.

Erfordert das Zugeben seiner Feigheit nicht auch einen gewissen Mut? Ich bin der festen Überzeugung, dass am Ende meines Handelns endlich Freiheit auf mich wartet. Man kann mit einem halben Herzen keine ganzen Schritte gehen. Das weiß ich! Ich hebe die Einzelteile auf und setze es wieder zusammen.

Die Sehnsucht nach einer glücklichen Zukunft lässt mich weitergehen. Ich folge der Treppe nach oben zum Schlafzimmer. Dort hat er viele Jahre geschlafen und sich nervös im Bett hin und her gewälzt, weil er die Lächerlichkeit seiner Existenz nicht akzeptieren wollte. Dort hat er die Ideen ausgetüftelt, die viele Menschen ins Unglück stürzten. Das Bett ist leer und fein säuberlich gemacht.

Wieder steigen Ängste in mir hoch. Augenblicklich sehe ich ihn vor mir, wie er hinläuft, kurz schaut und gleich wieder zurückkehrt.

Ich verpasse mir eine Ohrfeige. Sie hallt bis in die Vergangenheit, um mit etwas Verzögerung wieder in der Gegenwart anzukommen. Reiß dich zusammen, sage ich zu mir, du hast die Kraft, es zu tun, deine Fußspitzen zeigen nicht nach links und rechts, sondern parallel nach vorne. Nichts kann dich umhauen! Ich kann, weil ich will, tun, was ich muss!

Vorsichtig steige ich die Treppen wieder hinunter. Der lange Korridor vor mir führt in den Wellnessbereich. Ich schiebe die Glastür zur Seite. Da liegt er! In seinem Solarium und genießt seinen ergaunerten Wohlstand.

„Ich muss mit dir reden", sage ich.

Er gibt mir keine Antwort. Er scheint zu schlafen. Selbst in diesem für mich so wichtigen Moment straft er mich mit seiner Ignoranz.

„Hörst du nicht? Ich will reden! Ich weiß, dass du mich hörst!“ Meine Stimme wird lauter. „Ich habe keine Angst mehr vor dir, jemand hat mir das Herz geöffnet und mir gezeigt, was ich wert bin.“ Ich trete näher. „Los, sprich mit mir, du verdammtes Schwein! Sie werden dich an den Pranger stellen, dich in Stücke reißen und die Wände mit deinem Blut beschmieren, sodass jeder deine Schuld erkennen kann.“ Ich schreie aus vollem Herzen. „ICH MÖCHTE, DASS DU VERSCHWINDEST. VERSCHWINDE AUS MEINEM LEBEN!“

Ich reiße den Deckel des Solariums hoch und steche zu. Nur ein einziger Stich. Das Eierkratzmesser ragt aus seinem Hals.

Ich schenke ihm keinen Blick mehr. Ich weiß, dass man diese Tat nicht mehr aus der Welt schaffen kann. Ich laufe in die Küche und öffne den Kühlschrank. Oben im Eisfach werde ich fündig. Danach verlasse ich diesen schrecklichen Ort, um meinen neuen Weg zu beginnen.

2.

„Der Haas, das ist so ein Hundling. Musst dir vorstellen, komme ich drauf, dass er meine gekratzten Eier, die ich für einen Euro fünfzig pro Stück verkaufe, in Wien am Ostermarkt um sechs Euro das Stück weiterverkauft! Seine Frau hat dort ein Standl mit burgenländischen Spezialitäten."

Baba Sifkovits war sichtlich aufgeregt. Sie saß mit ihrem Sohn, Gruppeninspektor Sifkovits vom LKA Eisenstadt, in dessen grünen Peugeot 206. Sifkovits, Mitte 40, mit leichtem Wohlstandsbauch, trug wie immer seine ockerfarbige Chinohose, seine ockerfarbige Ballonmütze, sein weißes Hemd und seine graue Strickweste. Er hatte diese Kombination exakt zehnmal in seinem Schrank, um sich die allmorgendliche Entscheidung zu sparen, was er anziehen solle. Die beiden waren unterwegs zu „Erikas Freilandeier" im steirischen Hartberg, eine Fahrt von circa 30 Minuten entlang der idyllischen Lafnitz.

„Die Resl hat's mir erzählt und die hat es von ihrem Cousin gehört, der vor Kurzem in Wien war", blaffte sie weiter.

Inspektor Sifkovits hatte seiner Mutter versprochen, sie zu begleiten, um Eiernachschub zu besorgen. Es war der Tag vor dem Gründonnerstag. Da Sifkovits am LKA Eisenstadt gerade wenig zu tun hatte, hatte er Osterurlaub genommen und beschlossen, nach Stinatz zu fahren, um mit seiner Mutter Ostern zu verbringen.

Sifkovits' Frau Carina weilte mit „Ärzte ohne Grenzen" in Kenia und würde erst am Ostersonntag wieder zurück nach Österreich kommen.

Er war seiner Heimat noch immer eng verbunden. Stinatz war ein ganz besonderer Ort, in dem viele Burgenlandkroaten lebten. Die Bezeichnung Burgenlandkroaten bezieht sich auf eine kroatische Minderheit, die im Gebiet an der Grenze zu Ungarn lebt. Die Burgenlandkroaten sind ursprünglich Flüchtlinge, die während der Türkenkriege aus Kroatien flohen und im Westen des damaligen Königreichs Ungarn angesiedelt wurden.

Über 60 Prozent der Dorfbevölkerung von Stinatz bekennen sich aktuell zur kroatischen Sprache. Der gesprochene kroatische Dialekt bestand seit etwa 500 Jahren und hatte diese Ortschaft über diesen langen Zeitraum kaum verlassen. Die Dialekte in den Nachbarortschaften hatten mit jenem von Stinatz fast nichts zu tun.

Dass sich ein Dialekt über 500 Jahre in einer Ortschaft hält und diese über diesen langen Zeitraum auch kaum verlässt, ist ein Phänomen, das ansonsten nur bei afrikanischen Stämmen vorkommt. Positiv gemeint. Man hatte sich über all die Jahre seine Eigenständigkeit behalten und bewahrt.

Es gibt ein schönes Sprichwort, das besagt: „Die Europäer haben die Uhr, die Afrikaner haben die Zeit." Auch in diesem Punkt scheint Stinatz dem Äquator näher zu sein. Eine durchaus mediterrane Lebenseinstellung lässt sich nicht verleugnen.

Unbestätigten Gerüchten zufolge soll es in Stinatz Wirtshäuser gegeben haben, in denen man Jahre nach der EURO-Einführung noch mit Schilling zahlen konnte. Sifkovits' Mutter stellte aktuell gerade vom Videorekorder auf DVD-Player um und E-Mail war für viele noch ein Geschirr. Man hatte einfach erkannt, dass Fortschritt nicht nur positive Seiten hat.

In jüngerer Vergangenheit erlangte Stinatz durch den STS-Song „Fürstenfeld" überregionale Bekanntheit, auch durch die

Resetarits-Brüder, ebenfalls Söhne des Ortes, und durch einen sonderbaren Menschen, der sich zum Ziel gesetzt hat, ein Freibad in Stinatz zu errichten.

Baba Sifkovits war eine von drei Frauen in Stinatz, die das Handwerk des Eierkratzens noch beherrschten. Ursprünglich ein slawischer Osterbrauch, fand das Eierkratzen über Kroatien, Polen, Tschechien und Siebenbürgen den Weg ins südburgenländische Stinatz. Die Kratztechnik gehört zu den schwierigsten und filigransten Ritztechniken, da die Eier bei zu viel Druck sofort zerbrechen würden.

Baba Sifkovits hatte dieses Handwerk von ihrer Mutter gelernt und Babas Mutter von ihrer Mutter usw. Mit neun Jahren hatte Baba ihr erstes Osterei gekratzt. Sie hütete es noch immer wie einen Schatz. Die beiden anderen Damen in Stinatz, die diese Kunst auch ausübten, waren Elfie Horvatits und Renate Stipsits. Jede hatte ihre eigenen Muster und man erkannte sofort, von wem die Eier stammten. Natürlich beanspruchte jede der drei Damen für sich, die beste Eierkratzerin zu sein.

Vor Jahren erlangte das Eierkratzen große Bekanntheit durch den Lachanfall einer burgenländischen Fernsehmoderatorin. Anscheinend hatte sie dem Wort „Eierkratzen" eine sinnbildliche Tätigkeit zugeordnet und an alles außer Ostern gedacht. Ihr sympathischer Ausbruch verbreitete sich rasant im Internet und schon bald hatten die drei Damen aus Stinatz noch mehr Kunden, die gekratzte Eier kaufen wollten.

Die Kundschaft kam mittlerweile aus ganz Österreich. Auch Deutsche oder Italiener hätten sich nie nach Stinatz verirrt, gäbe es nicht diese schönen Eier.

Die kleinen Kunstwerke hatten Baba schon einige Treffen mit Prominenten beschert. Nahezu jeden Bundespräsidenten der letzten 50 Jahre hatte Baba auf diese Weise kennenlernen dürfen.

„Im Mai bei der Wahl wählen wir Klestil auf jeden Fall." Diesen Spruch hatte sie in ein Straußenei geritzt und es feierlich Thomas Klestil überreicht. Das dazugehörige Erinnerungsfoto hing in Babas Küche direkt neben dem Partezettel von Sifkovits' Vater.

„Komm gut heim" fürs Auto, diverse Namen und „Frohe Ostern" waren ebenso beliebte Sprüche.

Natürlich hatte Baba auch schon Eier an Menschen verschenkt, die sie nicht mochte. Sifkovits konnte sich gut an den Geburtstag eines Verwandten erinnern. Baba hasste ihn. Dennoch überreichte sie ihm ein Ei mit der Aufschrift: „Alles Gute zum 80er. Bleib, wie du bist!" Sifkovits wusste nicht, dass ihr Verwandter zu diesem Zeitpunkt schon sehr schwer herzkrank gewesen war. Seine Mutter wusste es schon. Aus diesem Blickwinkel wirkte der Spruch doch etwas schadenfroh.

Das Landleben hat seine eigenen Gesetze und Nachbarschaft immer zwei Seiten. Eine ungemein schöne Sache am Land ist es, wenn man sich beim Nachbarn eine Säge ausborgen möchte. Eigentlich dauert das nur fünf Minuten, in Stinatz kommt man aber drei Stunden später völlig betrunken zurück, ohne Säge. Das fördert das soziale Miteinander. Solche Ausreißer konnte sich Baba während ihrer Arbeit an den Eiern nicht leisten. „Dieses Jahr ist mein letztes. Ich mag nicht mehr!", hörte ihr Umfeld seit gefühlt zehn Jahren und alle wussten, dass sie am 7. Jänner wieder zu färben begann.

Inspektor Sifkovits hatte das Eierkratzen auch probiert. Seine Fähigkeiten lagen aber ganz offensichtlich woanders. Es entstanden zwar interessante Muster, aber nicht auf den Eiern, sondern auf Sifkovits' Fingern. Einige Narben erinnerten den Inspektor noch heute an sein mangelndes Talent.

Sifkovits blickte etwas besorgt auf die Temperaturanzeige seines Autos. Der Zeiger stand ungewöhnlich hoch. Komisch, dachte er, ich war doch eben erst beim Service.

Seine Mutter riss ihn aus seinen Gedanken. „Hörst du mir überhaupt zu?!"

„Was?" Sifkovits versuchte, das eben Gehörte zu reproduzieren. „Ja klar, Mama. Irgendwer hat einen Hasen in Wien verkauft. Viel zu teuer."

Baba legte ihre Stirn in Falten. „Was für einen Hasen?", fragte sie verdutzt.

„Ich weiß nicht. Du hast von einem Hasen gesprochen."

„Sag einmal, spinnst du jetzt, Spatzl?" Baba trauten ihren Ohren nicht. „Wer redet von einem Hasen? Ich habe vom Haas gesprochen."

Der Inspektor war wieder ganz in der Realität angekommen.

„Ach so, ja, vom Haas. Was ist mit dem?", fragte er.

„Du hörst mir ja doch nicht zu. Der Haas hat meine Eier teurer in Wien weiterverkauft", wiederholte seine Mutter. „Dass Menschen zu so etwas fähig sind! Da rackert man sich ab, steckt sein ganzes Herzblut in jedes einzelne Ei und dann wird von anderen daraus ein Profit geschlagen, der seinesgleichen sucht."

Der kleine Peugeot passierte das Ortsschild von Hartberg. Der Temperaturzeiger ging erneut etwas nach oben.

„Mama, ich habe dir schon immer gesagt, dass du deine Eier viel zu billig hergibst. Du hast ja einen Stundenlohn von 75 Cent. Verlang doch ein bissl mehr!"

Baba schüttelte heftig ihren Kopf. „Nein, das kann ich nicht. Die Eier haben früher pro Stück 20 Schilling gekostet. Die Leute sollen wissen, dass es einen Geschäftszweig gibt, bei dem nicht alles mit dem Euro teurer geworden ist.

Wenn ich früher um 500 Schilling eingekauft habe, dann brauchte ich zwei Einkaufssackerl und die konnte ich fast nicht schleppen. Heute mit 35 Euro? Da brauche ich nur ein Sackerl und das ist fast so leicht, dass ich mit der anderen Hand einen Pullover stricken kann."

Sifkovits bemühte sich weiter, seine Mutter zu beruhigen. „Schau Mama, die Renate und die Elfie verlangen auch mehr für ihre Eier ..."

Er wurde jäh unterbrochen. „Weil's Massenware sind. Immer die gleichen Muster, ohne Fantasie", fauchte sie.

„Das mag schon sein, aber der Lupo hat doch auch einmal deine Eier am Ostermarkt in Oberwart weiterverkauft und die Kerstin in ihrem Geschäft auch", konfrontierte Sifkovits sie mit den Tatsachen. Er bemerkte, wie seine Mutter nach Argumenten suchte.

„Der Lupo ist mein Cousin!", entgegnete sie.

„Und die Kerstin?", fragte ihr Sohn

„Die hat die Eier bei der Renate gekauft. Das geht mich nichts an. Soll der Haas in Zukunft auch bei der Renate kaufen oder bei der Elfie. Von mir kriegt der keine Eier mehr."

Ihr Entschluss klang endgültig.

Der Zeiger bewegte sich langsam in den roten Bereich. Sifkovits war sich sicher, dass der Ärger seiner Mutter über die Kundschaft der intensiven Arbeit geschuldet war. Einige Tage vor Ostern schmiss seine Mutter öfter die Nerven. Wegen der vielen Vorbestellungen begann sie meistens schon im Jänner, nach den Heiligen Drei Königen, zu kratzen. Die beiden anderen Damen übrigens auch. Die Karwoche war dann die stressigste Zeit, weil viele Leute ihre Eier im letzten Moment haben wollten. Oftmals wurden sogar am Ostersonntag noch Eier geholt.

Das Osterfest galt in Stinatz als das wichtigste kirchliche Ereignis, quasi das GTI-Treffen der Katholiken. In Sifkovits' Familie gab es bis zum Ostersonntag sehr strenge Tagesabläufe. Es begann mit dem Palmsonntag. Natürlich waren seine Mutter und er in der Kirche, um bei David Grandits, dem Pfarrer aus Stinatz, die Palmkatzerl zu weihen. David hatte Sifkovits erklärt, dass am Palmsonntag der Einzug von Jesus in Jerusalem stattgefunden hatte.

„Und warum die Palmkatzerl?", fragte Sifkovits David.

„Weil das Volk ihm mit Palmwedeln beim Einzug in Jerusalem gehuldigt hat, als Zeichen seines Königreichs."

Zugegeben, Sifkovits könnte sich spannendere Zeichen als Palmzweige vorstellen, aber er sagte an jenem Sonntag nichts zu David.

Die auf den Palmsonntag folgende Karwoche wurde auch als die „Stille Woche" bezeichnet. Sie war in Sifkovits' Familie etwa so still wie die letzten Tage vor Weihnachten. Karl Valentin hatte einmal gesagt: „Nach der stillen Zeit wird's wieder ruhiger!" Diesen Satz konnte Sifkovits zu hundert Prozent unterschreiben. Dass sich das Wort „Kar" von Kummer herleitet, konnte der Inspektor gut verstehen.

Am Gründonnerstag gab es immer Spinat. Dazu geröstete Erdäpfel mit Spiegeleiern. Sehr viele Spiegeleier. Zeitweise übertraf die Menge an Spiegeleiern sogar jene des Spinats. Ob Jesus damals am Gründonnerstag, beim letzten Abendmahl, auch Spinat mit Spiegeleiern hatte, wagte Sifkovits zu bezweifeln.

Am Karfreitag kochte Baba nie etwas Großes. Es gab, den Umständen geschuldet, Eierspeis. Sifkovits konnte an diesen Tagen das Geselchte in der Speisekammer förmlich riechen, aber seiner Mutter und den katholischen Traditionen zuliebe verzichtete er auf Fleisch. Seine Frau Carina hatte ihn ohnehin oftmals gebeten, weniger Fleisch zu essen. Nicht einmal Sifkovits' geliebte Erdäpfelsauce war an diesem Tag für seine Mutter denkbar. „Heute ist Jesus gestorben" war ihr Argument. Und was sollte man dagegen schon sagen? Immerhin ging der Typ übers Wasser und hat selbiges in Wein verwandelt.

Am Ostersamstag zu Mittag dann die große Fleischweihe. Anschließend erste Osterjause, dann großes Osterfeuer beim Feichtinger, das gern bis hinein in die Nacht der Auferstehung dauerte und krönender Abschluss war. Und am Sonntag Davids größter Auftritt im Jahr, die Ostermesse in der Stinatzer Pfarrkirche.

Sifkovits hinterfragte diese Traditionen nicht, er machte sie manchmal zähneknirschend, manchmal wohlwollend mit. Die älteren Bewohner von Stinatz nahmen diese Bräuche sehr ernst.

Manchmal fragte sich der Inspektor, ob sie mit den nächsten Generationen langsam verschwinden werden. Es würde schleichend passieren. Irgendwann kommen immer weniger Menschen zur Fleischweihe und in die Ostermesse und schlussendlich zahlt sich der ganze Aufwand nicht mehr aus. Vielleicht würde man die Jahre danach an diese Feste zurückdenken, aber mit der Zeit würde niemand mehr davon reden. Damit wäre ein weiterer Brauch ausgestorben.

Obwohl Sifkovits kein praktizierender Katholik war und außerhalb von Stinatz mit der Kirche eigentlich nichts am

Hut hatte, stimmte ihn dieser Gedanke schon etwas trübsinnig. Bräuche müssen nicht grundsätzlich ein konservatives Weltbild vermitteln. Er sah diesen ganzen Osterzirkus auch als kleine Reise in seine Kindheit. Niemals schmeckten die Ostereier so gut wie damals. Er konnte förmlich den verklebten Salzstreuer vor sich sehen, es war wirklich sehr schwierig, zumindest einige Salzkörner herauszubekommen.

Der Ostersonntag und der Ostermontag waren dann nur mehr ein leichter Abgesang auf den Strapazen davor, am Dienstag normalisierte sich der Gemütszustand der Menschen und in Stinatz kehrte wieder Ruhe ein.

Die Temperaturanzeige war nun vollständig im roten Bereich angekommen. Der Peugeot passierte das Schuhgeschäft Eder und das direkt daneben liegende Hotel mit demselben Familienamen. Es waren Bruder und Schwester, die sich nach dem Tod ihrer Eltern die Geschäfte aufgeteilt hatten. Unglücklicherweise waren beide Parteien mit dem jeweils erhaltenen Erbe nicht vollends einverstanden und so kam es, dass man seit einigen Jahren kein Wort mehr miteinander wechselte. Das Schuhgeschäft erbte die Tochter, das Hotel der Sohn. Es gab Gerüchte, dass Verheiratete auf Abwegen stundenweise Zimmer im Hotel Eder mieteten.

Nach beiden Eder-Geschäften kam das kleine Casino und anschließend führte rechts eine steile Straße den Hügel hinauf. Oben konnte man schon die Anlage von „Erikas Freilandeier“ sehen. Sifkovits atmete auf, als er seinen Wagen auf dem nicht asphaltierten Parkplatz abstellte. Erst jetzt erkannte er, dass aus seiner Motorhaube leichter Rauch aufstieg. Er war weiß, ähnlich wie bei der Papstwahl.

Erika Schuster, eine gestandene Frau im Alter von Sifkovits' Mutter, trat aus einem großen Metalltor und ging auf die beiden zu.

„Servus, Baba! Wie viele Eier brauchst du?", sagte sie gut gelaunt.

Baba schälte sich aus dem grünen Peugeot.

„Griaß di, Erika. 150 sollten reichen. Dann bin ich durch für heuer."

Erika erblickte Sifkovits.

„Schön, dass du deinen Sohn auch mitgebracht hast." Erika kannte den Inspektor schon als kleinen Buben.

„Grüß Gott, Frau Schuster."

Sie schüttelten sich die Hände.

„Kommt's rein. Wollt's einen Kaffee?", fragte Erika. Baba nickte.

„Für mich bitte nur heißes Wasser, den Tee hab ich selber dabei." Der Inspektor zog einen Beutel Käsepappeltee aus seiner Westentasche. Er war einer der wenigen, die diese Teesorte gern ohne medizinische Notwendigkeit tranken.

„Natürlich, Schiffi. Irgendwer muss das Zeug ja trinken."

Erika deutete den beiden, mitzukommen. Sifkovits lehnte ab, da er noch den Motor überprüfen musste. Der weiße Rauch machte ihm doch mehr Sorgen als gedacht.

„Ich komme gleich", gab er zu verstehen.

Als sich Erika und seine Mutter entfernten, konnte er noch die letzten Gesprächsfetzen hören. Auch Erika bekam die Haas-Geschichte serviert. Diesmal fand seine Mutter ein verständnisvolles Gegenüber. Erika regte sich genauso darüber auf wie Baba im Auto.

Sifkovits öffnete die Motorhaube und erkannte sofort das Problem. Ein Schlauch, der vom Kühlflüssigkeitsbehälter wegführte, tropfte. Der Inspektor wusste, dass man den

Behälter erst öffnen konnte, wenn der Wagen etwas ausgekühlt war. Also beschloss Sifkovits, ebenfalls nach drinnen zu gehen, um seinen Tee zu trinken.

Die beiden Damen saßen in Erikas Büro und unterhielten sich angeregt über die arbeitsintensive Osterzeit.

„Bitte, dein heißes Wasser steht hier auf dem Tisch", deutete Erika dem Inspektor.

„Vielen Dank, Frau Schuster. Hätten Sie vielleicht auch kaltes Wasser für mich?", fragte Sifkovits.

„Ja klar, aber darin wird sich dein Käsetee nicht so richtig entfalten können."

„Nein, das kalte Wasser wäre für mein Auto", klärte er das Missverständnis auf. „Am besten einen Liter."

Erika füllte Wasser aus der Leitung in eine verbeulte Plastikflasche. Während die beiden Damen weiter lautstark plauderten, musterte der Inspektor Erikas Büro. Der Schreibtisch war unaufgeräumt. Unzählige Zettel, Mappen und Briefe stapelten sich darauf. An der Wand hingen der obligatorische Raika-Kalender, ein Kalender, der die Abholzeiten des Mülls angab, und einige lustige Sprüche über Hühner. „Ich liebe Hühner, die gacken mein Frühstück" war da etwa zu lesen. Ob das nicht auch ein Spruch für Babas Eier wäre, dachte Sifkovits.

„Kannst du dich noch an den schwarzen Hahn erinnern, Schiffi?", riss Erika den Inspektor aus seinen Gedanken.

Natürlich konnte er. Als er etwa sechs Jahre alt war, erzählte ihm Erika eine Geschichte über einen schwarzen Hahn. Er lebe hier auf dem Gelände, aber er zeige sich nie. Außer, wenn kleine Kinder schlimm seien. Da würde der Hahn aus seinem Versteck kommen und den Kindern in den Finger pecken. Sifkovits hatte jahrelang große Angst vor diesem

Hahn und selbst heute hallte diese Geschichte noch etwas nach.

Selbstverständlich wusste er mittlerweile, dass es diesen schwarzen Hahn nie gegeben hatte und er nur als Druckmittel gegen seinen Ungehorsam eingesetzt wurde, dennoch beschlich ihn auf Erikas Gelände noch immer ein leicht mulmiges Gefühl. Nachdem die beiden Damen ausgiebig in Sifkovits' Kindheit gewühlt hatten, schlenderten sie nach hinten ins Lager, um Babas Eier zu holen.

Der Inspektor ging indessen wieder hinaus zu seinem Wagen, um das Wasser nachzufüllen. Der Deckel des Kühlflüssigkeitsbehälters war noch etwas warm, ließ sich aber problemlos öffnen. Langsam goss er das kalte Wasser hinein.

Er konnte sich nicht einmal richtig bei Erika verabschieden, weil ein Anruf seine Osterpläne massiv durcheinanderwirbeln sollte.

3.

Der Wellnessbereich des Hauses war größer als das Wohnzimmer des Inspektors. Zwei imposante Wellnessliegen aus Bambus standen mitten im Raum. Gleich daneben führte eine Tür zu einer Sauna. Weiters gab es noch eine Dusche, bei der man zwischen drei verschiedenen Duscharten wählen konnte: die normale Variante mit dem Duschkopf, die Variante Tropenregen, bei der das Wasser in größeren Tropfen von der Decke kam, und ein Duschstrahl von der Seite.

Auf der durchsichtigen Tür der Dusche konnte man noch die Reste einiger Wassertropfen erkennen, die nicht mehr den Weg nach unten auf die Duschtasse gefunden hatten, sondern im Hinunterlaufen ausgedünnt und teilweise eingetrocknet waren. Die weißen Kalkränder erinnerten etwas an Salzränder auf einem schwarzen T-Shirt, das beim Sport getragen wurde.

Direkt neben der Dusche stand ein Schmutzwäschekorb ebenfalls aus Bambus. Darin befand sich Funktionswäsche, die man fürs Rennradfahren verwendet: Hose, Socken, Leiberl und eine Unterhose. Sie wirkten frisch und rochen nicht modrig, wie Wäsche zu riechen beginnt, wenn sie einige Tage im Schmutzwäschebehälter liegen bleibt.

Im hinteren Teil des Raumes, direkt neben einer Wand, stand ein Solarium. Es war geöffnet. Darin lag ein attraktiver Mann um die fünfzig. In seiner Halsschlagader steckte ein Eierkratzmesser.

Unzählige uniformierte Kolleginnen und Kollegen wuselten im Wellnessbereich herum und verrichteten ihre Arbeit. Eine junge Kollegin kam auf Inspektor Sifkovits zu.

„Guten Tag, mein Name ist Bezirksinspektorin Gruber aus Stegersbach. Herr Sifkovits?", fragte sie.

Der Inspektor nickte. „Grüß Gott, Frau Gruber, was haben wir?"

Die Kollegin scrollte auf ihrem Mobiltelefon herum und begann mit ihren Ausführungen.

„Der Tote heißt Fredi Horvatits. 53 Jahre alt. Die Putzfrau hat ihn um 15.30 Uhr so vorgefunden. Sie hat nichts angefasst …" Frau Gruber bemerkte, dass der Inspektor die Information eifrig in einem kleinen Notizheft notierte.

„Herr Inspektor, Sie brauchen das nicht mitzuschreiben, ich kann Ihnen alle Informationen per WhatsApp schicken." Inspektor Sifkovits kratzte sich unter seiner Kappe. Das Wort „WhatsApp" hatte er noch nie in seinem Leben gehört. Er versuchte, sich keine Blöße zu geben.

„Wissen Sie was, Frau Gruber, ich schreibe es mir lieber auf. Dann merke ich es mir gleich." Er gab seiner Kollegin ein Zeichen, mit den Ausführungen weiterzumachen.

„Der Ermordete war gegen 9.00 Uhr bei seiner Mutter Elfriede Horvatits in Stinatz. Er wollte dort frühstücken, ging allerdings nicht zu ihr hinein, sondern drehte in der Einfahrt wieder um. Danach ist er höchstwahrscheinlich hierhergefahren, hat sich umzogen, um mit dem Rennrad eine Runde zu drehen. Laut Aussage der Putzfrau macht er dreimal die Woche einen Ausflug mit dem Rennrad, sofern es die Wetterverhältnisse zulassen. Immer dieselbe Runde. Von hier aus, also Wörterberg, nach Litzelsdorf, weiter nach Oberwart und über Markt Allhau wieder nach Wörterberg zurück. Gut trainierte Radfahrer benötigen dafür in etwa zwei Stunden.

Um zwölf war er sicher wieder hier, da er sich um 11.30 Uhr, die Anrufliste in seinem Handy beweist das, in der

Pizzeria ‚Patrese' Spaghetti Arrabiata bestellt hatte. Die wurden um 12.05 Uhr geliefert. Reste davon fanden wir in der Küche. Vermutlich hat er sich danach ins Solarium gelegt. Die Tat muss daher ungefähr zwischen 12.30 Uhr und 15.30 Uhr passiert sein."

Inspektor Sifkovits versuchte wie wild, ein paar Stichworte in sein Notizbuch zu kritzeln.

„Vielen Dank, Frau Kollegin, Sie haben wunderbare Arbeit geleistet. Gibt es Zeugen, die Fredi Horvatits am Rad gesehen haben?", wollte der Inspektor wissen.

„Ja, drei", kam es wie aus der Pistole geschossen.

„Gut. Er kommt her, fährt seine Runde, isst was, geht duschen und legt sich anschließend ins Solarium …", sinnierte Sifkovits. Danach deutete er auf ein kleines Kästchen mit Bildschirm neben der Eingangstür.

„Was ist denn das?", fragte er.

„Das ist der automatische Türöffner", klärte ihn die Kollegin auf. „Sehen Sie, Herr Inspektor, in diesem Haus gibt es keine klassische Eingangstür mit Schlüssel, sondern die Eingangstür wird mit einem elektronischen Zahlencode geöffnet. Herr Horvatits hat im Haus drei automatische Türöffner. Einen hier im Wellnessbereich, einen im Keller und einen im Wohnbereich."

Inspektor Sifkovits drückte den weißen Knopf auf dem kleinen Kästchen. Nichts passierte. Normalerweise hört man ein Surren, dachte er. Er bat einen Kollegen, sich vor die Eingangstür zu stellen und zu läuten. Der kleine Bildschirm schaltete sich ein und Sifkovits konnte seinen Kollegen über eine Kamera erkennen. Danach drückte er den weißen Knopf. Die Eingangstür öffnete sich nicht.

„Der Türöffner scheint kaputt zu sein!", sagte der Inspektor nachdenklich zu Gruber. „Helfen uns die Kameras weiter?“

„Leider nein, Herr Inspektor. Sie zeichnen nichts auf.“

Sifkovits senkte den Kopf.

„Wäre ja auch zu schön gewesen“, grübelte er. „Gab es irgendwelche Anzeichen für einen Einbruch oder wurde etwas gestohlen bzw. verwüstet?“

Die Kollegin verneinte.

„Das heißt: Der Täter und das Opfer haben sich womöglich gekannt und womöglich kannte der Täter auch die Zahlenkombination am Türschloss“, führte der Inspektor seine Gedanken fort.

„Oder der Herr Horvatits hat den Täter selbst hereingelassen“, fügte Frau Gruber hinzu.

„Stimmt. Sie haben recht, Frau Gruber. Er könnte ihn selbst hereingelassen haben. Gibt es schon eine Liste, mit wem Herr Horvatits kurz vor seinem Tod telefoniert hat?“

Frau Gruber scrollte auf ihrem Mobiltelefon weiter nach unten. Nach kurzer Zeit hatte sie die passenden Antworten parat. Der Inspektor zeigte sich begeistert.

„Unfassbar. Wie schnell Sie das haben. Bei meinem Handy habe ich schon Probleme, eine kurze Textnachricht zu schreiben.“

Er kramte es aus seiner Hosentasche. Es war ein kleines graues Klapphandy. Natürlich ohne Touchscreen, sondern mit ganz normalen Tasten. Skeptisch wurde das Handy von Kollegin Gruber gemustert.

„Haben Sie schon einmal daran gedacht, sich ein neues zu kaufen? Das wirkt schon sehr … antiquiert.“

„Sieben Jahre ist es alt, aber der Akku hält immer noch eine Woche“, verkündete der Inspektor stolz.

Bezirksinspektorin Gruber zählte ihm alle Telefonate auf, die der Ermordete in der Zeit kurz vor seinem Tod geführt hatte.

„Um 8.27 Uhr telefonierte Horvatits mit seiner Schwester Alexandra. Zirka vier Minuten. Um 8.47 Uhr hat er eine gewisse Romana Bischof angerufen. Das Gespräch dauerte nur eine Minute. Um 8.53 wurde er von einem Fritz Janisch angerufen. Das Gespräch dauerte etwas länger. Etwa sechs Minuten. Sein letzter Anruf war um 11.30 Uhr bei der Pizzeria ‚Patrese'. Danach wurde er nur noch einmal angerufen, und zwar von seiner Schwester um 14.46 Uhr. Der Anruf wurde allerdings nicht angenommen."

Der Inspektor wollte sich gerade für die Informationen bedanken, als Gruber ihm zu verstehen gab, dass sie noch nicht fertig war.

„Weiters kamen heute zwei SMS und eine WhatsApp-Nachricht auf das Handy des Toten."

Schon wieder WhatsApp, dachte Sifkovits.

„Worum ging es in den SMS?", wollte er wissen.

„Um Geld. Bei allen dreien."

Demnach musste also WhatsApp auch ein Nachrichtendienst sein, kombinierte Sifkovits still.

Fa. Simandl (7.10 Uhr)
Wann krieg ich mein Geld?

Horvatits (7.13 Uhr)
Morgen versprochen! Wir treffen uns wie immer in der Au. Kriegst eh alles, was du willst ;-9

Fa. Simandl (7.14)
Gut! Sei pünktlich!

„Dann ging es weiter um 8.23 Uhr mit einem WhatsApp-Austausch mit einem gewissen Thomas Höbert", sagte Gruber und zeigte dem Inspektor die Nachrichten.

Thomas Höbert (8.23 Uhr)
Oida?????
Langsam reißt mir die Geduld. Wie oft willst du mich noch vertrösten??? Ich muss Mitarbeiter bezahlen, du Häusel!!!!

Horvatits (8.24 Uhr)
Es tut mir leid, lieber Thomas, es gab Probleme mit den Papieren und dem Transferieren. Morgen bekommst du dein Geld. Versprochen. Ich komme um 9.00 Uhr zu dir in die Firma, ok?
lg Fredi

Thomas Höbert (8.25 Uhr)
Wehe, du versetzt mich wieder, du Kofferkind.

Horvatits (8.25 Uhr)
Nein. Versprochen!

Thomas Höbert (8.26 Uhr)
Und nimm was zum Frühstücken mit, du Estragonscheißer!

„Die letzte Nachricht um 8.33 Uhr stellt in der Tat die einzige Drohung dar. Sie kam von einem Kontakt namens Schnepf", erklärte die Kollegin weiter.

Schnepf (8.33 Uhr)
Ich brauche dein Geld nicht mehr. Sehe mich gezwungen, diese Sache anders zu regeln. Du wirst noch an mich denken!

„Darauf hat Herr Horvatits nicht geantwortet. Sein E-Mail-Posteingang war leer. Die Alibis dieser drei Kontakte wurden noch nicht überprüft."

„Vielen Dank, Frau Gruber. Das kann ich ja machen." Der Inspektor war begeistert von der Beamtin aus Stegersbach. Er musste an seinen Kollegen Berner in Eisenstadt denken. Es gab Germteige, die schneller gingen.

Sifkovits wollte noch wissen, ob es Zeugen aus der Nachbarschaft gäbe, die in der Zeit zwischen 12.00 und 15.30 Uhr irgendwas bemerkt oder gesehen hätten. Das musste Frau Gruber verneinen. Das Haus läge etwas abgeschieden und die einzige Nachbarin war zur fraglichen Zeit nicht zu Hause. Sie habe aber gemeint, am Vormittag außer dem Fahrzeug von Herrn Horvatits, das unüberhörbar war, da es sich um einen Ford Mustang GT mit 8 V handelte, ein zweites Auto gehört zu haben, das die Einfahrt hochfuhr. So gegen 9.30 Uhr. Es sei im Gegensatz zum Sportwagen sehr leise gewesen.

Allmählich verließen die unzähligen Beamten den Tatort. Der Inspektor wandte sich an die Gruppe der Spurensicherer, die ebenfalls im Begriff waren zu gehen.

„Er gehört Ihnen, Herr Inspektor." Sifkovits beugte sich zur Leiche und betrachtete das Eierkratzmesser. Es ragte aus dem Hals des Toten. Der Inspektor spürte ganz deutlich, dass sein Herz schneller zu schlagen begann. Er legte seine Hand auf den Mund. Sein Zeigefinger deckte das rechte Nasenloch fast zur Gänze zu, wodurch er sein Atmen durch das linke Nasenloch stärker hören konnte.

„Die Mutter des Ermordeten, Elfriede Horvatits, kratzt auch Eier", hörte er Grubers Stimme von hinten. „Sie kannte bestimmt den Code für das Haus. Vielleicht gehört das Messer ihr?"

„Nein. Das tut es nicht!", entgegnete Sifkovits schnell.

„Wie können Sie sich da so sicher sein, Herr Inspektor?"

„Es gehört meiner Mutter", sagte Sifkovits, während er sich aufrichtete und zur Kollegin drehte. Er blickte in ein überraschtes Gesicht.

„Ich bitte Sie, diese Information vorerst vertraulich zu behandeln."

Frau Gruber nickte und schloss dabei gleichzeitig die Augen.

„Was hätte Ihre Mutter denn für ein Motiv?", fragte Gruber

„Gar keines. Zumal es vom Haus meiner Mutter in Stinatz bis hierher nach Wörterberg mindestens sechs Kilometer sind. Ich weiß nicht, wann meine Mutter zuletzt freiwillig sechs Kilometer zu Fuß gegangen ist. Auto hat sie auch keines. Außerdem war sie mit mir ab 14.00 Uhr unterwegs. Ich habe um 12.00 Uhr noch zu Hause gegessen, Eiersuppe, danach ging ich weg und bin gegen 13.30 Uhr wieder zu Hause gewesen. Meine Mutter hätte eine Stunde Zeit gehabt für den Mord."

„Vielleicht möchte jemand Ihre Mutter belasten?", spekulierte die Kollegin.

„Oder uns auf eine falsche Fährte locken", fügte der Inspektor hinzu.

Diesmal sah der Inspektor in kein überraschtes, sondern in ein interessiertes Gesicht.

„Schauen S', Frau Gruber. Wir hatten vor Kurzem in unserer Wohnung einen Wasserrohrbruch. Unter der Spüle hat sich der Gummi von einem Wasserschlauch gelöst und das hat letztendlich dazu geführt, dass er gebrochen ist."

„Ja?", Gruber konnte dem Inspektor nicht ganz folgen.

„Naja, in einer Wasserleitung ist Druck, wenn das Wasser läuft. Wenn ich jetzt die Leitung an einer Stelle aufbohre, dann entlädt sich der Druck und das Wasser wird herausspritzen, so wie es bei mir der Fall war. Durch unseren Körper fließt Blut und ähnlich wie bei einer Wasserleitung würde sich der Druck durch einen Einstich ebenfalls entladen. Verstehen Sie mein Problem? Warum findet sich hier nirgendwo Blut? Bei einem Stich in die Halsschlagader müsste das Blut überall am Solarium verteilt sein. Aber hier? Alles klinisch rein." Er wischte mit seiner Hand über den inneren Oberteil des Solariums.

„Ich verstehe Ihr Problem, Herr Inspektor. Vielleicht hat der Täter das Blut weggewischt?"

Sifkovits legte seinen Zeigefinger an seine Lippen und nickte leicht.

„Möglich. Aber warum? Warum dieser Aufwand?", fragte er.

Darauf hatte Gruber keine Antwort.

„Aber was ist, wenn er woanders umgebracht wurde und man ihn danach ins Solarium gelegt hat?", brachte Frau Gruber eine neue Idee aufs Tapet. „Während Fredi Horvatits duschen war, stach der Täter zu. Das Blut wurde in die Kanalisation geschwemmt und daher haben wir keine Spuren gefunden."

„Interessante Theorie." Sifkovits deutete auf ein gelbes Handtuch, das neben der Dusche über einem Handtuchhalter hing.

„Sehen Sie das Handtuch hier?", fragte er Frau Gruber.

Sie nickte und nahm es in die Hand.

„Es wirkt benutzt“, sagte sie.

Sifkovits roch daran. „Es riecht nach Duschgel. Er hat sich also nach dem Duschen abgetrocknet, was dafür spricht, dass er nicht in der Dusche ermordet wurde. Es will mir nicht in den Kopf gehen, dass man jemanden ersticht und anschließend das Opfer im Solarium drapiert.“

Eine Zeit lang standen die beiden da und musterten den Raum. Sifkovits ging auf allen viere und kroch immer weiter unter das Solarium. Unbemerkt vom Inspektor kamen die Kollegen vom Leichenschauhaus, um den Toten abzutransportieren.

„Sind Sie mit der Leiche fertig?“, hörte man eine Stimme sagen.

Vergeblich warteten die Umstehenden auf eine Antwort.

„Herr Inspektor?“, fragte Gruber. Wieder keine Antwort vom Inspektor, der fast gänzlich unter dem Solarium verschwunden war. „Herr Inspektor!?“, die Kollegin kam fast ins Schreien. Kurz darauf hörte man einen lauten Knall, gefolgt von einem schmerzerfüllten „Aua“ von unten.

„Alles gut?“, fragte Gruber.

„Jaja, alles gut. Ich habe mir nur den Kopf angehaut“, drang Sifkovits' Stimme in den Raum.

„Können die Kollegen den Toten nun mitnehmen?“, wollte Gruber wissen.

„Was?“

„Mitnehmen!“

„Wen?“

„Na, den Toten.“

„Ja, klar. Warum sagen Sie das nicht gleich?“ Mit diesem Satz kroch der Inspektor wieder heraus. Die Kollegen bedankten sich für die freundliche Kooperation und transportierten den Ermordeten ab.

Sifkovits kratzte sich unter seiner Kappe. „Ist die Putzfrau noch da?", fragte er.

Gruber bejahte.

„Können Sie sie einmal kurz reinschicken? Und hätten Sie ein Taschentuch für mich?"

Kollegin Gruber überreichte dem Inspektor ein Taschentuch und machte sich anschließend auf den Weg, um die Putzfrau zu holen. Währenddessen verschwand der Inspektor erneut unter dem Proletentoaster.

Nach kurzer Zeit stand die Putzfrau im Wellnessbereich.

„Herr Inspektor?"

„Ja. Aua." Erneut schepperte sein Kopf gegen die Bodenplatte.

„Die Frau Matic wäre jetzt hier", sagte Gruber.

Etwas unbeholfen tauchte der Inspektor wieder auf. Er faltete das Taschentuch auf. Darin war ein kleiner rubinroter Kieselstein zu sehen. Sifkovits bat einen anderen Beamten, sich rund ums Haus umzusehen, ob es eventuell weitere Kieselsteine dieser Farbe gab. Danach zeigte er Frau Matic den Stein.

„Kommt Ihnen dieser Stein bekannt vor, Frau Matic?"

„Nein. So einen habe ich noch nie gesehen", antwortete sie.

„Der Wellnessbereich wirkt sehr sauber und aufgeräumt. Also meine Frau würde sich sehr darüber freuen, wenn ich im Badezimmer eine derartige Ordnung halten würde. Ich gehe ja manchmal sogar mit den Straßenschuhen ins Badezimmer." Frau Matic unterbrach den Inspektor sofort.

„Das hat der Chef nie gemacht. Es war streng verboten,

mit Straßenschuhen hereinzugehen. Man musste bereits im Gang die Schuhe ausziehen", erklärte Frau Matic.

„Wann haben Sie das letzte Mal hier geputzt?", fragte Sifkovits.

„Vor einer Woche."

„Putzen Sie auch unter dem Solarium?", fragte er weiter.

„Ja, immer!"

„Das heißt, der Stein wäre Ihnen aufgefallen?"

Frau Matic ließ keinen Zweifel daran, dass ihr jedes noch so kleine Staubkörnchen hier drinnen aufgefallen wäre.

Der Inspektor bedankte sich höflich und gab Frau Matic zu verstehen, dass sie gehen könne.

„Was meinen Sie, Herr Inspektor?", fragte Frau Gruber.

„Eventuell hat der Täter den Kieselstein hier verloren. Er könnte sich aus dem Profil der Schuhsohlen gelöst haben und unter das Solarium geraten sein."

Sifkovits ging wieder auf alle viere und bat seine Kollegin, das Gleiche zu tun. Er strich ganz sanft mit der Hand über die glatten Fliesen. Seine Kollegin wusste zwar nicht genau, was er wollte, machte aber mit.

Als ein Beamter in den Wellnessbereich kam, bot sich ihm ein etwas skurriles Bild. Zwei Menschen strichen mit ihren Handflächen über den Boden und schnupperten anschließend an ihren Fingern.

„Erde!", rief Gruber.

„Bei mir auch. Und hier eventuell ein Teil von einer Tannennadel."

Sifkovits drückte nun seine linke Wange ganz auf den Boden, dadurch konnte er den Beamten sehen, der irritiert im Türrahmen wartete.

„Bitte?", fragte der Inspektor, während er seine Wange

stärker auf die Fliesen presste.

„Äh … Rund ums Haus haben wir keinen roten Kieselstein gefunden, Herr Inspektor."

Sifkovits antwortete mit einem fast stummen „Mhm". Seine Mundwinkel waren durch die Liegeposition des Kopfes nach oben gezogen, so als würde eine Seite der Lippe lachen. Es sah lächerlich aus. Der Beamte stand etwas unbeholfen vor ihnen und suchte nach Worten.

„Gut … dann … äh … gehe ich wieder. Wollte Sie nicht stören bei ihrer … äh … Arbeit … interessanter Zugang." Danach verließ er schnell den Wellnessbereich.

Gleich darauf erhoben sich die beiden Bodenschnüffler.

„Gut. Wir können davon ausgehen, dass der Täter vor der Tat im Wald war. Leider gibt es rund um Wörterberg mehr Bäume als Menschen. Und rote Kieselsteine wird man auch überall in den Wäldern finden", stellte Gruber fest.

Der Inspektor musterte das Solarium und klopfte sich mit dem Handrücken auf den Mund. Danach ging er wieder auf alle viere.

„Kommen S' einmal runter zu mir", forderte er die Kollegin auf. Nun knieten sich die beiden gegenüber mit ihrem Kopf jeweils zum Solarium gedreht.

Von außen konnte man meinen, es handle sich um eine Yogaübung. Das bemerkte auch jener Beamte, der nach dem Kieselstein gesucht hatte, als er erneut in den Wellnessbereich kam. Er wollte gerade zur Frage ansetzen, ob er hier noch gebraucht werde oder gehen könne, doch der Inspektor kam ihm zuvor.

„Gut, dass Sie da sind. Könnten Sie schauen, ob es im Keller eine Wasserwaage gibt?"

Sofort drehte er wieder um und tat, was man ihm aufgetragen hatte. Ein anderer Beamter, dem der befremdete Gesichtsausdruck des Kollegen auffiel, fragte ihn, was los sei.

„Er braucht eine Wasserwaage", antwortete er ihm.

„Warum?"

„Wos was i. Aber mich wundert nichts mehr. Zuerst hat er schon am Boden herumgewischt und an den Fliesen gerochen." Mit diesen Worten verschwand er auf einer Treppe, die nach unten führte.

Der Keller war picobello aufgeräumt und so wurde der Beamte nach kurzer Zeit fündig. Als er wieder in den Wellnessbereich trat, wurde er sofort von Sifkovits aufgefordert, das Solarium etwas anzuheben.

Die beiden Männer stellten sich an die Hinterseite und hievten die beiden Beine ein paar Zentimeter nach oben. Kollegin Gruber spähte unter den linken hinteren Fuß des Solariums und zog ein gefaltetes Stück Karton hervor.

„Na bitte!", sagte Sifkovits und zeigte es dem Beamten.

Dieser runzelte die Stirn. „Entschuldigen Sie, Herr Inspektor. Ich kann nichts Ungewöhnliches daran erkennen. Haben Sie noch nie einen gefalteten Karton unter ein Kastl gelegt, damit es gerade steht?"

„Und genau das ist mein Problem", sagte Sifkovits. „Geben S' mir einmal die Wasserwaage."

Der Inspektor legte die Wasserwaage in die Mitte der Liegefläche. Die Libelle der Waage stand genau in der Mitte, was bedeutete, dass das Solarium exakt horizontal stand.

„Sehen Sie, was ich meine?", fragte der Inspektor den Beamten. „Warum lege ich unter das linke hintere Bein einen Karton, wenn das Solarium ohnehin kerzengerade steht? Mit dem Karton würde die Libelle der Wasserwaage nach rechts gehen und das Solarium würde schief stehen."

Der Beamte konnte dem Inspektor folgen. „Was heißt das jetzt?“, fragte er.

„Ich weiß es nicht. Es ist nur eine weitere der vielen Fragen, die dieser Tatort aufwirft.“

Man einigte sich darauf, das restliche Haus zu untersuchen. Was der Inspektor nicht wusste, war, dass noch eine weitere Frage dazukommen würde.

4.

Der Wohn- und Essbereich war großzügig gestaltet, ebenso die Küche. Es gab Parkett- und Fliesenböden. Die Tische waren alle aus Glas. Am Esstisch stand ein Teller mit Nudelresten, daneben eine fast ausgetrunkene Plastikflasche Güssinger Zitrone. Der ganze Bereich wirkte sehr modern, aber etwas kühl, da sowohl die Möbel als auch die Wände schneeweiß waren. Sifkovits musste an eine Arztpraxis denken. Im Vorraum bot sich ein ähnliches Bild. Weiße Fliesen, die Schuhe sorgfältig nebeneinandergestellt und ein großer Spiegel neben der Eingangstür.

Sifkovits öffnete sie und trat vor das Haus. Direkt vor der Türe lag ein großer Fußabstreifer mit der Aufschrift „Um reich zu werden, musst du Geld verdienen, während du schläfst!"

Er kniete sich wieder auf den Boden und musterte die Matte, während ihm seine Kollegen zusahen.

„Gleich beginnt er dran zu riechen, wetten?", sagte der Wasserwaagen-Bote.

Er sollte recht behalten.

„Und? Wonach riecht's?", rief er dem Inspektor zu.

„Wald", bekam er als Antwort.

„Der Täter hat sich wahrscheinlich die Schuhe abgestreift, bevor er ins Haus kam." Sifkovits suchte verzweifelt nach seinem Kugelschreiber. Als Frau Gruber das bemerkte, gab sie ihm ihren.

„Danke, Frau Kollegin." Hastig machte sich der Inspektor ein paar Notizen und steckte den Kugelschreiber in seine Tasche.

„Entschuldigen Sie, Herr Inspektor, aber das ist meiner“, wurde er von Frau Gruber erinnert.

„Oh, Verzeihung. Die Macht der Gewohnheit“, entschuldigte sich Sifkovits. Er kramte in seinen Taschen, bis er den Kugelschreiber spüren konnte.

„Hier, bitte.“

Gruber war mit dem Suchergebnis nicht zufrieden.

„Das ist nicht meiner“, sagte sie.

Sifkovits nahm den Stift wieder an sich. „Ah ja, das ist ja meiner. Danke.“ Er steckte ihn wieder in seine Westentasche. „Aber wo ist jetzt Ihrer?“

„Ich glaube, Sie haben ihn in die hintere Hosentasche gesteckt, Herr Inspektor.“

Sifkovits griff in die Tasche.

„Tatsächlich.“ Mit einem verschmitzten Lächeln gab er den Kugelschreiber zurück und ging wieder in den Wohnbereich. „Gibt es hier irgendwo einen Wasserkocher?“, fragte der Inspektor.

„Ja, hier“, deutete ein Beamter in die Küche „Direkt neben der Kaffeemaschine.“

Sifkovits bedankte sich und zog einen Beutel Käsepappeltee aus seiner Westentasche. Nachdem das Wasser aufgekocht war, ließ er den Beutel sanft in eine Tasse gleiten, die er sich zuvor aus einem Küchenkastl genommen hatte. Er wird sicher nichts mehr dagegen haben, versuchte er, sein Handeln vor sich zu rechtfertigen. Schnell roch es in der ganzen Küche nach der violetten Blüte.

„So hat wahrscheinlich die Fußmatte da draußen auch gerochen, nach alten Socken!“, flüsterte der „Wasserwaagenkönig“ seinem Kollegen zu.

„Hast recht, also wenn ihm das schmeckt, wundert es mich nicht, dass er so gern an Fußmatten riecht."

Die beiden verkniffen sich ein Lachen.

Sifkovits steuerte auf den Kühlschrank zu. Er war mannshoch, weiß und beinahe leer. Sardellen, Red Bull und eine Tube Senf befanden sich darin.

„So ein großer Kühlschrank und kein Eisfach", sagte er.

Kollegin Gruber konnte ihn erneut aufklären. „Das befindet sich hier unten." Sie zog eine Lade auf. „Bei den modernen Kühlschränken ist das so."

Über den Inhalt der Gefrierladen mussten die beiden staunen. Nur Eisboxen. Herr Horvatits dürfte ein Eisjunkie gewesen sein. Auch die zweite und die dritte Lade waren voll mit 500ml-Eisboxen. Eine davon erweckte bei Sifkovits besonderes Interesse. Die Sorte „Salz Karamell". Er war seine Lieblingssorte und umso erstaunter war er, dass er diese hier noch gefunden hatte.

„Die Produktion der Sorte wurde vor zwei Jahren eingestellt. Wie ich das erfahren habe, habe ich noch alle Restbestände zusammengekauft. Zwei Jahre haben die bei mir allerdings nicht gehalten."

Er griff sich die Box. Sie war kalt und federleicht. Der Inspektor öffnete den Deckel. Die Box war leer. Genauso leer wie alle anderen Eisboxen, die sich in den Gefrierladen befanden.

„Haben Sie dafür eine Erklärung?", wollte der Inspektor von der Gruppe wissen. Alle drei schüttelten den Kopf. Warum legte jemand 18 leere Eisboxen in das Gefrierfach?

Sifkovits kratzte sich unter seiner Kappe. Er nahm einen kräftigen Schluck von seinem Käsepappeltee. Links neben dem großen Kühlschrank fiel ihm ein Bild auf. Es zeigte den

Ermordeten Fredi Horvatits mit einem Sektglas in der Hand. Rund um ihn war eine kleine Gruppe Frauen und Männer zu sehen. Sie hielten ebenfalls Sektgläser in den Händen. Der Vorraum wirkte noch nicht fertiggestellt. Ein Teil der Wände war noch nicht gestrichen. Sifkovits dachte, es müsse sich wohl um eine Art Einweihungsfeier des Hauses handeln.

„Das kenne ich gut", sagte er in Richtung des Bildes und deutete mit der Hand an eine bestimmte Stelle.

„Was meinen Sie, Herr Inspektor?", fragte Gruber.

Er tippte mit einem Finger auf den Stromkasten, der ebenfalls auf dem Bild zu sehen war. „Beim Sicherungskasten fehlt das Türchen. Das sind die kleinen Details, auf die man gern vergisst beim Hausbauen, weil man sich sagt: ‚Das mache ich dann schon.' Ich kenne das von meinen Sesselleisten. Als wir renoviert haben, wurden die Sesselleisten zu spät geliefert, weil sie beim Hersteller nicht lagernd waren. Als die Sesselleisten schließlich drei Wochen verspätet ankamen, hatten wir uns schon längst an den Anblick gewöhnt. Bis heute liegen sie im Keller."

Frau Gruber konnte den Inspektor gut verstehen. Bei ihnen zu Hause gab es einen ganzen Raum im Keller, der bis dato nicht verputzt wurde. Er diente als Stauraum und würde es wohl noch lange bleiben.

„Zumindest den Sicherungskasten hat der Tote fertiggestellt", hörte man einen Beamten aus dem Vorraum rufen.

Gruber und Sifkovits gingen in den Vorraum, um sich selbst davon zu überzeugen.

„Tatsächlich. Ein wunderschönes weißes Türchen", sagte Sifkovits. Danach öffnete er den Sicherungskasten und warf einen Blick hinein. „Sieht sehr modern aus. Also wenn ich da an den Sicherungskasten von meiner Mutter denke …"

„Das Haus ist gerade einmal zehn Jahre alt", klärte Gruber ihn auf.

Der Inspektor starrte konzentriert auf die verschiedenen Schalter der Sicherungen. Dabei senkte er seinen Kopf leicht nach rechts.

„Ist Ihnen etwas aufgefallen, Herr Inspektor?"

„Nein, nichts, Frau Gruber. Alles in Ordnung!", meinte er beiläufig. Er konnte es nicht benennen, aber irgendetwas an diesem Sicherungskasten brachte ihn ins Grübeln.

Durch ein bestimmtes „Sind wir dann fertig?" des Wasserwaagen-Kollegen wurde Sifkovits aus seinen Gedanken gerissen. Er schloss den Sicherungskasten und steuerte auf die Eingangstür zu.

Draußen in der Einfahrt bedankte sich der Inspektor für die Hilfe, speziell bei der Kollegin Gruber. Er werde als Nächstes mit den Angehörigen sprechen und die Alibis überprüfen. Bei seinem grünen Peugeot angekommen fiel dem Inspektor plötzlich etwas ein. Beinahe gazellenhaft sprang er vor das Dienstauto von Frau Gruber. Sie konnte im letzten Moment noch abbremsen.

„Mein Gott, haben Sie mich jetzt erschreckt! Was ist denn los?"

„Mir ist noch etwas eingefallen. Ich muss noch einmal zurück ins Haus", erklärte Sifkovits. „Sie müssen nicht mitkommen, Frau Gruber. Wenn Sie mir nur den Code fürs Haus sagen würden. Dann können Sie gern fahren."

Die Kollegin zückte ihr Handy. „25687, Herr Inspektor." Zur Sicherheit gab sie ihm gleich ihren Kugelschreiber, da er bereits nach seinem Notizbuch suchte.

„Danke schön, Frau Gruber."

Er notierte sich die Zahl und ging Richtung Haus, ungefähr auf halbem Weg drehte er wieder um und gab Frau Gruber ihren Kugelschreiber zurück.

Kurz nachdem er die Kombination in das Türschloss eingeben hatte, konnte er hören, wie sich der Dienstwagen von Frau Gruber entfernte. Der Inspektor winkte ihr noch freundlich nach, dann trat er ins Haus.

Er wusste ganz genau, wonach er suchen musste, nämlich nach einer fast leeren Plastikflasche Güssinger Zitrone. Er nahm sie vom Esstisch und goss sie bis zum Anschlag voll mit Wasser. Er benötigte es für den defekten Kühler seines Peugeot.

Beim Gehen blieb sein Blick noch einmal an dem Foto der Einweihungsparty hängen. Die Personen auf dem Bild wirkten glücklich und ausgelassen. Es vermittelte den Eindruck einer unbeschwerten Zeit. Im Moment der Aufnahme hatten wohl alle Anwesenden ihre Sorgen und Ängste für kurze Zeit vergessen.

Der Inspektor erinnerte sich an einen Moment mit seiner Frau. Sicher schon über zehn Jahre her. Die beiden waren von einer Feier nach Hause gekommen und es schüttete in Strömen. Ihre Terrasse befand sich gerade in Bau und so wurde aus der Erde durch den Regen wunderbarer Gatsch. Lehmige Erde in Verbindung wie Wasser ergibt eine fast zementartige Konsistenz. Zwei Holzbretter dienten als kleine Brücke über den lehmigen Boden. Sifkovits ging als Erster darüber. Da aber die Bretter durch den vielen Regen glitschig geworden waren, verlor er plötzlich das Gleichgewicht, rutschte aus und fiel mit dem Kopf voran auf den Boden. Seine Ballonmütze flog in hohem Bogen durch die Luft und landete ebenfalls in der betonartigen Masse. Er schmeckte die nasse Erde in seinem Mund und hörte seine Frau lachen.

Zuerst ärgerte sich der Inspektor über diese Schadenfreude, musste aber schlussendlich mitlachen. Sie bekamen beide einen Lachkrampf. Das ging so weit, dass sich seine Frau Carina freiwillig zu ihm auf den nassen Boden warf. Eine Zeit lang lagen die beiden nebeneinander, lachten und wälzten sich im Dreck. Als sie kaum noch von Wühlschweinen zu unterscheiden waren, blieben sie am Rücken liegen und blickten in den Himmel. Der heftige Regen ließ ihre Augen unentwegt blinzeln.

Einige Zeit lauschten sie noch der Musik der Regentropfen, die auf die Erde und die Holzbretter fielen. Danach gingen sie gemeinsam in die Badewanne und …

Plötzlich kam ein Auto. Sifkovits wurde aus seinem Traum gerissen. Das Geräusch kam immer näher. Es war seine Kollegin Gruber, die hastig aus dem Auto sprang und auf das Haus zugelaufen kam. Im Vorraum trafen sich die beiden.

„Gut, dass Sie noch da sind, Herr Inspektor."

Sie war so außer Atem, dass sie dem Inspektor die Plastikflasche aus der Hand riss und einen großen Schluck daraus trank.

„Schmeckt fad!", sagte sie.

Er klärte die Kollegin nicht über den Grund des faden Geschmacks auf.

„Was gibt's?", fragte Sifkovits.

Kollegin Gruber hielt ihm ein in ein kleines Plastiksäckchen eingepacktes Handy vor die Nase. Es war das Handy des Opfers.

„Diese E-Mail ist gerade vorhin auf sein Handy gekommen."

Sifkovits nahm das Handy an sich und begann zu lesen.

Sehr geehrter Herr Horvatits!
Ihr Flug OR 945 von VIE nach PTY ist bereit zum Einchecken.
Wir wünschen einen guten Flug.

Sifkovits kratzte sich unter der Kappe.

„Frau Gruber, Sie müssen mir helfen. Ich denke bei VIE handelt es sich um Wien, aber was ist PTY?"

„Panama!"

„Oh. Er wollte nach Panama fliegen", stellte Sifkovits fest.

„Richtig. Morgen um 16.25 Uhr. One Way Ticket. Kein Rückflug."

Der Inspektor gab das Handy wieder seiner Kollegin.

„Es tut sich langsam ein Motiv auf", sagte er.

Der Inspektor konnte die Fülle der Fragen, die dieser Fall aufwarf, kaum noch ordnen. Es war höchste Zeit, die beste kriminalistische Investigativ-Organisation der Welt einzuschalten, um Hilfe bei diesem Fall zu bekommen. Wir sprechen hier natürlich nicht über Profiler des FBI, sondern von der „Kopftuchmafia" aus Stinatz.

5.

Es war später Nachmittag, als Inspektor Sifkovits in Stinatz eintraf. Das Wetter zeigte sich von seiner freundlichen Seite. Die Sonne schenkte dem Dorf noch einige frühlingshafte Strahlen.

Die Kopftuchmafia, bestehend aus Sifkovits' Mutter, der alten Resetarits Hilda, der dicken Grandits Resl und dem Greißler Franz Maikits, der als Consigliere der alten Damen fungierte, war vollzählig auf dem Bankerl vor Babas Haus versammelt.

Die Kopftuchmafia könnte man als einen analogen Nachrichtendienst bezeichnen, der keine 5G-Verbindung benötigte, um Nachrichten blitzschnell in die Welt zu senden. Meist garniert mit Gerüchten und verziert mit einer Portion Einfallsreichtum.

Maikits ging, wie immer, seiner Lieblingsbeschäftigung nach und kehrte die Stufen vor seiner Greißlerei. Vermutlich gab es OP-Säle, die nicht mit der Sauberkeit seiner Stufen mithalten konnten.

Es waren noch vier Tage bis zum Ostersonntag. Während auf dem Bankerl heftig diskutiert wurde, kratzte Sifkovits' Mutter natürlich gleichzeitig ihre Eier. Ein geflochtenes Körberl, das neben ihr auf der Bank stand, gab Auskunft darüber, wie fleißig sie in der letzten Stunde gewesen war.

Die gesamte Prozedur des Eierkratzens war sehr aufwendig. Nach dem Färben wurden mit einem scharfen, geschliffenen Gegenstand, zum Beispiel einem Messer, die verschiedensten Muster, Ornamente oder Sprüche in die Schale geritzt. Die Variationen der Muster hingen von der Kratztiefe ab. Bei entsprechender Technik können also verschiedenste Farbnuancen erzeugt werden. Weiße Eier eignen sich dementsprechend am besten. War das Ei fertig gekratzt, wurde es ausgeblasen und auf einen Wollfaden gefädelt, damit man es auf einen Osterstrauch hängen konnte.

Baba Sifkovits benötigte für ein Ei in etwa eine halbe Stunde. Bis zu 16 Stunden am Tag kratzte sie. Also wurden über 210 Eier pro Woche hergestellt. Die Erträge aus dem Eierverkauf legte Baba stets auf drei Sparbücher. Zwei davon gehörten ihren Kindern, dem Inspektor und seiner Schwester Lisa. Das dritte gehörte Baba selbst. „Für mein Begräbnis", sagte sie immer. Meist bekam sie als Antwort von ihren Kindern, dass sich mit dem ersparten Geld schon eine Marmorgruft ausgehen würde.

Literweise Eigelb und Eiweiß befanden sich in Babas Küche. Sifkovits konnte schon keine Eierspeis mehr sehen. Natürlich wurden auch die Nachbarn mit der entstandenen Eimischung versorgt.

Auf dem Bankerl wurde unüberhörbar über ein Thema gesprochen, das Baba noch immer nicht loszulassen schien.

„Na, der Haas ist ja ein Verbrecher. Wie kann man sowas tun?", sagte Maikits in die Runde.

„Mir war der immer unsympathisch!", fügte Frau Grandits hinzu, was zur Folge hatte, dass Frau Resetarits heftig den Kopf schüttelte.

„Geh Resl, was redest da für einen Blödsinn? Du kennst ihn ja gar nicht."

Frau Grandits protestierte gegen die Aussage von Frau Resetarits.

„Aber meine Nichte kennt ihn. Die hat immer gesagt, der

Haas ist, und entschuldige bitte die Ausdrucksweise, eine menschliche Drecksau."

Maikits musste zustimmen. „Na sicher, wenn er sich mit den Eiern von anderen schmückt."

Frau Resetarits wischte mit der Hand durch die Luft. „Geh, so schlimm finde ich das auch wieder nicht. Der Lupo hat doch auch einmal deine Eier verkauft, oder?", richtete sie die Frage an Sifkovits' Mutter.

„Der gehört aber zur Familie", sagte ihr Sohn, der soeben beim Bankerl angekommen war.

„Servus, Spatzl, was ist los? Hast du ein Gespenst gesehen? Du bist ja weiß wie ein Schafskäse!", stellte Baba fest.

Sifkovits staunte nicht schlecht über seine Mutter, da er ihr die Kenntnis von Schafskäse nicht zugetraut hätte.

„Also, wer is die Leich?", kam Frau Resetarits gleich auf den Punkt.

„Der Horvatits Fredi", brach es aus dem Inspektor heraus.

„Wos!? Der!?", zeigte sich Frau Grandits überrascht.

„Oh jemine, so kurz vor Ostern, was für eine Schande für unser Dorf", jammerte Baba.

„Der hat in Wörterberg gewohnt", stellte Frau Resetarits nüchtern fest.

„Ach so, dann is eh net so schlimm", war Baba wieder einigermaßen beruhigt.

„Naja, mich wundert das nicht. Das ganze Südburgenland hätte einen Grund gehabt, ihn umzubringen", sagte Maikits.

„Wieso?", fragte Sifkovits.

Die Antwort auf seine Frage bekam er von seiner Mutter.

„Na, weil er angeblich so vielen Leuten Geld schuldig war." Baba blickte in die Gesichter der Runde. „Stimmt doch, oder, Resl?"

Frau Grandits machte mit beiden Händen eine abwehrende Handbewegung.

„Darüber kann ich nichts sagen."

„Na, dann werde ich dich dabei nicht unterbrechen", posaunte Maikits hinaus, was zu Heiterkeit auf der Bank führte.

Schließlich war es Frau Resetarits, die wieder Ernsthaftigkeit in die Gruppe brachte.

„Deine Mama hat recht, Schiffi. Der Horvatits war ja so ein ‚Scher Hoida'."

Maikits verzog das Gesicht.

„Das wäre mir jetzt neu, dass der Fredi ein Frisör war."

Frau Resetarits beutelte den Kopf.

„Mei, Franz, du bist so ein Trottel. Ich meine, er war so … er hat angelegt … und bevor du wieder was Blödes sagst: Ich meine damit nicht seinen Garten, sondern Geld."

Jetzt ging dem Inspektor ein Licht auf.

„Ah, Sie meinen Shareholder?", fragte er Frau Resetarits, die daraufhin nickte.

„Genau, Schiffi. Er hat so Investment gemacht oder wie das heißt. Wahrscheinlich hat er vielen Leuten etwas versprochen und danach nicht gehalten."

„Also wie ein Politiker", warf Frau Grandits ein.

„Nein!", entgegnete Baba. „Wenn ein Politiker vor der Wahl verspricht, dass die Pensionen erhöht werden und die Pensionen werden aber nach der Wahl gekürzt, dann hat er nicht gelogen. Es hat ihm ja eh niemand geglaubt."

Zustimmendes Kopfnicken auf dem Bankerl.

Sifkovits kramte in seiner Westentasche und suchte nach seinem Notizbuch. Er brauchte eine halbe Minute, bis er es gefunden hatte, und weitere dreißig Sekunden, um die richtige Seite aufzublättern.

„Sagen euch die Namen Firma Simandl, Thomas Höbert und Schnepf irgendwas?", fragte er in die Runde.

„Die Simandl kenne ich. Die hat eine Haustierbestattung in Steingraben. Die anderen zwei Namen habe ich noch nie gehört", sagte Frau Grandits.

„Woher kennst du eine Haustierbestattung in Steingraben, Resl?", wollte Frau Resetarits von ihr wissen.

„Wir haben vor fünf Jahren unseren Rambo dort begraben lassen. Also zuerst haben sie ihn verbrannt." Frau Grandits bekam einen leicht sentimentalen Ton in ihrer Stimme.

„Was hat denn der Spaß gekostet?", bohrte Frau Resetarits nach.

„420 Euro."

„Was, so viel?", echauffierte sich Frau Resetarits.

„Naja, der Rambo war eine Dogge mit 90 Kilo."

Frau Resetarits konnte beim besten Willen nicht verstehen, dass man derartig viel Geld ausgeben konnte, nur um einen Hund zu bestatten.

„Ich hätte ihn im Garten vergraben, das hätte nichts gekostet. Oder wenn du schon so aufs Verbrennen stehst, dann hätte ich den Rambo unters Osterfeuer gemischt."

„Geh, Hilda. Bitte ein bisschen mehr Pietät!", forderte Baba.

Sifkovits wollte wissen, ob die Tierbestattung finanzielle Probleme hatte.

„Na klar, wie sollte es anders sein?", sprudelte es aus Frau Resetarits heraus. „So was braucht doch niemand in unserer Gegend, bei so viel Gegend, die es rundherum gibt. Eine Tierbestattung am Land ist so lukrativ wie ein Daunenjackengeschäft auf die Seychellen."

Der Inspektor musste zugeben, dass Frau Resetarits'

Theorie durchaus Sinn machte. Er erklärte mehr zu sich selbst als zur Gruppe, dass er morgen mit Frau Simandl sprechen und auch die anderen Herrschaften nach ihrem Alibi fragen werde.

„Wenn ihr mich fragt …“, begann Maikits.

„Tun wir aber nicht!“, wurde er unisono von den drei Damen unterbrochen.

„Okay, aber wenn, dann würde ich sagen, dass es der Frena war!“

Sifkovits wurde hellhörig. Den Namen Frena hatte er noch nie gehört.

„Wer ist der Frena?“, fragte er.

„Na, der Frena, Spatzl. Der Tiroler, der in Litzelsdorf im Wald lebt.“

„Kennst du den gar nicht, Schiffi?

Der Inspektor musste die Frage von Frau Resetarits verneinen.

„Der hat die Hütte vom alten Stipé gekauft.“

Der Inspektor war mehr als überrascht. „Seit wann ist der da?“

„Sicher schon seit über einem Jahr. Der hat die Hütte hergerichtet und lebt jetzt dort“, sagte Frau Resetarits.

„Schön hat er's hergerichtet. Sogar den Strom hat er sich hineinlegen lassen und ein Klo gibt's jetzt auch“, lobte Frau Grandits den Tiroler Mitbürger.

„Wieso ist dieser Frena von Tirol nach Stinatz gekommen?“

„Wenn wir das nur wüssten, Schiffi“, sagte Maikits. „Aus Fulpmes soll er sein. Und irgendwas mit Drogen soll er zu tun gehabt haben.“

Frau Resetarits legte noch eines drauf. „Hat er jetzt sicher auch noch. Schau dir einmal seine Arme an, die sind total zerstochen. So viele Gelsen gibt's gar nicht bei uns." Dann wandte sie sich dem Inspektor zu.

„Weißt, Schiffi, das ist genau so ein Mensch: In Tirol wird er nicht vermisst und bei uns wird er nicht gebraucht."

Die Kopftuchmafia machte unmissverständlich klar, dass Frena so ganz und gar nicht im Ort integriert war. Worte wie „Sonderling", „Eremit" und „Außenseiter" fielen.

„Warum sollte der Frena den Horvatits getötet haben?", fragte Sifkovits den Greißler, der immer noch, fast wie ein buddhistischer Mönch, seine Stufen fegte.

„Woher soll ich das wissen? Bin ich der Inspektor oder du? Ich kann nur wiedergeben, was der Slivo im Wald beobachtet hat." Slivo war einer der Jäger aus Stinatz, der seinen Spitznamen aus gutem Grund hatte.

„Der Slivo hat von seinem Suzuki Jimny aus beobachtet, wie der Fredi und der Frena vor der Hütte gestritten haben. Sogar handgreiflich ist der Frena geworden und hat angeblich so etwas gesagt wie: ‚I lass mich nicht mehr erpressen, weil früher oder später komm' ich drauf, was da war.'

Und dann hat angeblich der Fredi etwas gesagt, aber an das kann sich der Slivo nicht mehr so ganz erinnern. Er hatte schon zu viel Obst zu sich genommen, in gebrannter Form. Und wie er wieder aufgewacht ist in seinem Jimny, waren die beiden weg und sein Handy auch. Zuerst hat er natürlich an einen Diebstahl gedacht, aber zu Hause ist er draufgekommen, dass er es gar nicht mithatte."

Sifkovits schrieb einige Stichworte in sein Notizbuch. Der Umstand, dass sich die Hütte vom Frena im Wald befand, stellte zumindest eine gewisse Verbindung zu den Spuren am Tatort her.

„Und der Janisch?“, fragte Sifkovits. „Das ist doch der Elektriker aus Ollersdorf …“

Er konnte seinen Satz nicht zu Ende führen, da ihm Frau Grandits hineingrätschte.

„Na, der hätt’ sowieso ein Motiv gehabt. Da Janisch hat den Horvatits gehasst.“

„Aber erst später“, fügte Baba hinzu. „Weil die ganze Elektrik im Haus vom Fredi hat der Janisch gemacht. Das Solarium hat er ihm auch verkauft.“

Sifkovits wollte von seiner Mutter wissen, woher sie so gut über den Hausbau von Fredi Horvatits informiert war.

„Der Janisch selber hat’s mir erzählt im Stinatzerhof. Er war bumzua und hat ein bissl angegeben, dass er die innovativsten Schließanlagen für Eingangstüren anbieten kann.“

Die soeben gehörten Informationen ließen für den Inspektor kein Motiv für einen Mord erkennen.

„Was war das Problem?“, fragte er mit leicht zynischem Unterton. „War die Tür zu teuer?“

„Das Problem war, dass der Fredi angeblich mit der Tochter vom Janisch herumgeturtelt hat. Er war Mitte fünfzig und sie erst 19“, klärte Frau Resetarits auf.

„Und das wiederum führt mich zu der Annahme, dass die Romana den Fredi umgebracht hat. Aus Eifersucht“, kombinierte Maikits.

Romana Bischof war auch eine jener Personen, die am Tag des Todes mit Fredi Horvatits telefoniert hatten. Sifkovits erfuhr weiters, dass sich Romana und Horvatits erst vor Kurzem getrennt hatten. Was genau der Grund dafür war, wusste niemand am Bankerl, aber vermutlich seine zahlreichen Affären.

Sifkovits stieß einen langen Seufzer aus, nicht nur, weil der

Fall bis jetzt sehr undurchsichtig war, sondern weil er noch ein ernstes Gespräch mit seiner Mutter führen musste.

Langsam wurde es frischer und der Inspektor nutzte die Kühle als Vorwand, um seine Mutter zu bitten, mit ihm reinzugehen, um ihm ein Abendessen zu kochen. Er hätte es ohnehin schon etwas eilig, da er noch zur Mutter und Schwester des Ermordeten wolle.

In Babas Küche stapelten sich zuhauf Utensilien, die man zum Eierfärben verwendete. In zahlreichen alten Email-Töpfen schwammen die unterschiedlichsten Farben. Baba warf zwei Scheite Holz in den Tischherd. Sofort hörte man es in der kleinen Küche angenehm knistern. Auf dem Küchentisch stand eine randvoll gefüllte mintfarbene Salatschüssel, in der sich der Inhalt von zehn ausgeblasenen Eiern befand.

„Was soll ich dir machen, Spatzl? Eiernockerl oder Knödel mit Ei, Palatschinken oder vielleicht doch eine Eierspeis?“

Ihr Sohn wählte die Eierspeis. Baba meinte es gut mit ihm, denn kurze Zeit später war die Salatschüssel nur mehr zu einem Drittel gefüllt und der Inspektor blickte auf eine gelbe Hügellandschaft, die direkt vor ihm in einer Pfanne lag.

Baba setzte sich zu ihrem Sohn und kratzte an einem weiteren Ei.

„Mein Gott. So tragisch. Die Elfie muss ihren eigenen Buben begraben. Hat eh so ein schweres Leben gehabt, mit dem Mann, dann der Bub und mit der Tochter hat's das Schicksal auch nicht gut gemeint“, sinnierte Baba vor sich hin.

„Was ist mit der Schwester vom Horvatits?“, fragte Sifkovits mit vollem Mund.

„Die Alexandra. Kennst du die gar nicht?“

Er schüttelte den Kopf.

„Die hat so Depressionen und irgendwas mit Angst. Die kann gar nicht mehr arbeiten gehen. So ein armes Mädel. Da muss man ehrlich sagen, dass sich der Fredi sehr um seine Schwester gekümmert hat, er hat sie immer unterstützt. Also er war nicht nur ein Schlechter. Magst noch eine? Ich muss eh noch drei Eier ausblasen."

Ihr Sohn lehnte dankend ab und hinderte seine Mutter daran aufzustehen. Er wechselte in die kroatische Sprache.

„Mama, ich muss was Ernstes mit dir besprechen."

Baba griff sich eines ihrer vielen Messer, die am Küchentisch herumlagen. Kurz darauf durchbohrte Babas Messer die Schale und das Ei zerbrach.

6.

„Spatzl, ich schwöre bei Gott, dem Allmächtigen, ich habe nicht die geringste Ahnung, wie mein Eierkratzmesser in den Hals vom Horvatits Fredi gekommen ist!"

Baba war vollkommen aufgelöst. Das zerbrochene Ei hielt sie nach wie vor in der Hand. Das Eiklar wurde von ihrer blauen Arbeitsschürze aufgesogen und versickerte in der speckigen Baumwolle.

In der Küche stand eine alte Kredenz aus Kirschholz, die vermutlich in den Sechzigerjahren mit weißer Asbestfarbe bemalt worden war. Ein Trend, den der Inspektor nicht verstehen konnte. Wunderschöne alte Holzmöbel wurden dadurch für immer ihrer wahren Schönheit beraubt. Es verstand sich von selbst, dass die Asbestschichten im Laufe der Jahre immer wieder erneuert wurden, was ein Abschleifen so gut wie unmöglich machte. Aus dieser Kredenz, die im oberen Bereich zwei Glasschiebetürchen hatte, holte sich Baba eine Flasche, die kein Etikett trug. Sie goss sich den klaren Inhalt in ein Glas und kippte dieses in einem Zug aus. Sofort verzog sie das Gesicht.

„Sveta Marija, des schmeckt ja wie Benzin."

Gleich darauf leerte sie noch ein Glas.

„Magst auch einen?", fragte sie ihren Sohn.

„Nein, danke. Ist der Slivovitz noch vom Papa?"

Baba bejahte und trank ein weiteres Glas. Langsam, aber sicher schien ihr dieser Slivo zu schmecken.

„Der ist sicher schon dreizehn Jahre alt. Man muss mehr davon trinken, dann wirkt er direkt erfrischend", stellte sie fest.

Sifkovits bat seine Mutter, sich wieder zu ihm zu setzen.

„Mama, hast du irgendeine Idee, wie dein Messer dort hingekommen sein könnte?"

„Vielleicht hat es jemand gestohlen. Ich hab ja immer alles offen. Ich brauche nur nach hinten zu gehen, um Holz zu holen oder sonst was. Ich würde nicht mitbekommen, dass jemand herinnen war."

Sifkovits wusste, dass das stimmte. Seine Mutter sperrte die Haustüre nur zu, wenn sie auf Urlaub fuhr. Das war das letzte Mal vor elf Jahren gewesen. Das Haustor, das durch die Einfahrt nach draußen auf die Straße führte, sperrte sie nur in der Nacht zu. Somit konnte ganz Stinatz dieses Messer gestohlen haben. Noch dazu, wenn man bedenkt, wie viele Kunden zu dieser Zeit in Babas Haus kamen. Es war ein ständiges Kommen und Gehen von Einheimischen und Fremden.

„Kauft irgendjemand von den Leuten, über die wir vorher am Bankerl gesprochen haben, bei dir seine Eier?", fragte Sifkovits seine Mutter.

„Der Janisch kauft bei mir, die Romana Bischof ist seit drei Jahren bei mir. Die hat vorher bei der Elfie gekauft, aber da gab's Spannungen mit der Schwiegermutter, deshalb ist sie zu mir gewechselt. Die anderen, die du aufgezählt hast, inklusive dieser Tierleichenfledderin, kenne ich nicht."

Baba stand auf, um sich die vom Eiklar verklebten Hände über der Spüle zu waschen.

„Was ist mit dem Frena?", hakte ihr Sohn nach.

„Nein. Der war noch nie bei mir. Ich habe den nur einmal hier in Stinatz gesehen. Letzten Sommer war er am Waldfest. Da hab ich ihn beobachtet. Ganz allein und abseits ist er gesessen. Niemand hat mit ihm geredet."

In Babas Erzählweise baute sich eine gewisse Spannung auf, sodass Sifkovits' Interesse am Ausgang der Geschichte größer wurde.

„Und was hat er dann gemacht?“, fragte er neugierig.

„Und dann …“, Baba machte eine Pause, in der sie ausatmete. Spannung lag in Sifkovits' Gesicht. „Dann hat er ein Grillhendl gegessen.“

Sein Gesichtsausdruck zeigte herbe Enttäuschung.

„Das war's?“

„Ja, Spatzl. Was hast du denn erwartet? Ich komme nur einmal im Jahr in die Gegend, wo seine Hütte steht. Wenn die Eierschwammerlsaison beginnt. Aber da gehen die Resl, die Hilda und ich schon so früh weg und wir konzentrieren uns auf die Schwammerl und nicht auf den Frena. Der schläft ja sicher noch um die Zeit.“

Sifkovits nickte. Falls dieser Frena um 8.00 Uhr aufstehen würde, wären die drei Damen schon weg und der Wald leer geräumt. Baba nahm in der Zwischenzeit ein neues Ei zur Hand, musste es aber gleich darauf wieder weglegen, weil sie noch immer etwas zitterte.

„Spatzl, ich bin so aufgelöst wegen dieser Geschichte, ich kann mich gar nicht auf die Arbeit konzentrieren.“

Erneut griff sie zum Slivo. Sifkovits versuchte, seine Mutter zu beruhigen.

„Schau, Mama, ganz ehrlich, es weiß ja niemand, dass es dein Messer war. Und wenn's nach mir geht, muss das auch niemand erfahren.“

„Ich habe ihn nicht umgebracht!“, echauffierte sich seine Mutter.

„Das weiß ich, Mama. Du hättest nur eine Stunde Zeit gehabt für den Mord, du hättest die Zahlenkombination von der Eingangstür wissen müssen, du hättest insgesamt zwölf Kilometer zu Fuß gehen müssen und du hättest ein Motiv gebraucht. Außerdem waren wir ab halb zwei zusammen und sind nach Hartberg gefahren."

Baba ließ sich etwas erleichtert auf ihren Stuhl fallen.

„Stimmt. Darüber hinaus habe ich noch genug Zeugen, die mich heute hier beim Kratzen gesehen haben. Unter anderem der Janisch und die Romana. Die waren am Vormittag hier und haben Eier gekauft. Ich war nur kurz am Friedhof, am Grab vom Papa. wie jeden Mittwoch. Dort hat mich die Doris gesehen. Die Kerzen brennen sicher noch."

Baba senkte ihren Kopf etwas und starrte auf den Holzboden in der Küche. Nach kurzer Zeit schüttelte sie ihn leicht.

„Bože môj! Stell dir vor, wenn das die Leute erfahren, Spatzl. Mein Messer im Hals vom Horvatits. Das gibt einen Skandal. Das wird im Pfarrblattl stehen, der David wird mich aus dem Kirchengemeinderat schmeißen. Die Leute werden sagen: ‚Da Bua ist Polizist und sie ist eine Mörderin!'"

Sifkovits rückte näher zu seiner Mutter und legte seinen Arm um ihre Schultern.

„Mit dem Finger werden sie auf mich zeigen, wenn ich mir beim Maikits die Milch hole. Dabei habe ich ja gar keinen Grund gehabt, den Fredi umzubringen. Nur weil er ein bissl ein Trottel war? Wenn's nach dem geht, dann müsste ich halb Stinatz abstechen …"

Der Inspektor rutschte noch näher an sie heran und versuchte, ihren verzweifelten Sermon zu stoppen.

„Mama, es wird niemand erfahren."

Während Sifkovits weiter auf seine Mutter einredete, weiteten sich ihre Augen und wurden immer größer. Ihre Kinnlade klappte im Zeitlupentempo nach unten. Ihr Gesichtsausdruck wurde zunehmend verstörter und erstarrte zu einer fahlen Maske.

In der Eingangstür stand eine Gestalt. Sifkovits drehte sich zur Tür und erschrak ebenso. Er blickte in das Gesicht einer älteren Frau, die gleichfalls schockiert wirkte. Es war Renate Stipsits, eine der drei Damen in Stinatz, die noch das Eierkratzhandwerk beherrschten. Da Sifkovits und seine Mutter mit dem Rücken zur Eingangstür saßen, hatten sie das Kommen von Renate Stipsits nicht bemerkt.

„Griaß di, Renate", sagte Baba aufgeregt. „Was is? Magst auch einen Schnaps ... ich meine ... warum hast nicht angeklopft? ... Ich meine ... was willst du?"

Renate Stipsits machte zwei zögerliche Schritte auf die beiden zu.

„Hab ich euch beim Abendessen gestört?", fragte sie vorsichtig.

„Na. Wir waren schon fertig. Sie stören nicht", versuchte der Inspektor zu kalmieren.

Renate Stipsits kam noch zwei Schritte näher.

„Entschuldige, Baba, ich wollt' nur fragen, ob du mir eine Eierfarbe borgen könntest? Mir ist sie gerade ausgegangen."

„Sicher. Was brauchst?", antwortete Baba schnell.

„Violett." Es klang wie Fiolett.

Baba deutete auf eine Lade in der Küche.

„Nimm dir so viele du willst."

Der Satz hatte etwas Endgültiges. Für Baba war das Gespräch damit beendet. Als sich Renate die Farben aus der Lade holte, schenkte sie Baba ein verkrampftes Lächeln, das die Mutter des Inspektors wieder unsicher werden ließ. Als Renate gleich darauf gehen wollte, wurde sie von Baba aufgehalten.

„Wart noch kurz. Hast du irgendwas mitbekommen von dem, was wir gesprochen haben?“

Renate machte eine beruhigende Geste mit ihren Händen.

„Beinahe nix!“, antwortete sie.

Danach drehte sich Frau Stipsits um und startete einen zweiten Versuch, das Haus zu verlassen. Auch dieser sollte scheitern.

„Frau Stipsits!?“, hielt sie der Inspektor vom Gehen ab.

„Ja, Schiffi.“

„Weil Sie gesagt haben, dass Sie beinahe nix gehört haben. Also falls Sie etwas gehört haben sollten, dann bin ich mir sicher, dass Sie es für sich behalten, oder?“

Der Inspektor warf der Dame seinen allerbesten Hundeblick zu, den er im Repertoire hatte. Frau Stipsits ließ diesen Blick eine Zeit lang auf sich wirken.

„Also, wenn ich wirklich etwas gehört haben sollte, dann werde ich kein Sterbenswörtchen darüber verlieren, dass das Eierkratzmesser von der Baba im Hals vom Horvatits steckte.“

Dann ging sie in Richtung Innenhof und war schon bald aus dem Blickfeld der beiden verschwunden. Sie konnten noch hören, wie das schwere Haustor ins Schloss fiel.

„Spätestens morgen weiß das ganz Stinatz“, sagte Baba so trocken, dass es aus ihrem Mund staubte.

Die Mutter des Inspektors sollte sich gewaltig irren. Frau Stipsits benötigte dafür nicht einmal eine halbe Stunde.

7.

„Das Messer von deiner Mutter ist im Hals von meinem Sohn gesteckt!“

Elfriede Horvatits, eine zierliche Frau Ende siebzig, saß weinend in ihrer kleinen Küche. Ihr gegenüber stand Inspektor Sifkovits, der die Tränen der alten Dame gut nachvollziehen konnte.

Frau Horvatits’ Küche unterschied sich nicht großartig von der Küche seiner Mutter. Ein Tischherd, in dem ein Feuer knisterte, eine selbstverständlich asbestweiße Kredenz und der obligatorische Plastikschutz über dem „guten Tischtuch“ am Küchentisch. Dieser war, ähnlich wie bei Baba, vollkommen mit Eierkratz-Zubehör vollgeräumt.

In der Küche roch es nach Eierfarbe. An der Wand hing ein mächtiges Kruzifix aus Holz. Darunter, auf einem kleinen Regal, stach die Parte von Leopold Horvatits den Besuchern ins Auge. Es handelte sich um den verstorbenen Ehemann von Elfriede. Sifkovits betrachtete einen Korb voller gekratzter Eier, der neben der alten Dame auf einem Sessel stand.

„Sie haben sehr schöne Muster, Frau Horvatits. Ganz andere als meine Mutter. Diese Vielfalt der verschiedenen Kratzstile ist schon eine ganz außergewöhnliche Besonderheit in unserem Ort“, versuchte der Inspektor, Frau Horvatits auf andere Gedanken zu bringen. Anschließend stellte er den Korb mit den Eiern auf den Küchentisch und setzte sich.

„Frau Horvatits, ich kann Ihnen versichern, dass meine Mutter nichts mit dem Mord an Ihrem Sohn zu tun hat. Sie war zur fraglichen Zeit zu Hause und hat, genauso wie Sie, Eier gekratzt. Dafür gibt es Dutzende Zeugen.“

Frau Horvatits nickte sanft mit dem Kopf, auf dem sie ein schwarzes Kopftuch trug.

„Ich kann mir's ja auch nicht vorstellen, dass die Baba zu so etwas fähig wäre", sagte sie mit noch immer zittriger Stimme.

„Eben", sagte Sifkovits.

„Meine Mutter hätte ja gar keinen Grund gehabt."

„Aber viele andere schon!", warf Frau Horvatits postwendend ein. „Er war ein guter Bua. Sicher hat er hin und wieder Probleme gehabt, aber wer hat das nicht? Die Leute haben ihm vorgeworfen, dass er sie betrogen hätte, aber im Prinzip wollte er den Menschen helfen. In jeder Brust schlägt ein Menschenherz, denken Sie nur an die Alexandra. Er hat sie unterstützt, wo es nur ging. Sie wissen, wie schwer es meine Tochter hat. So viele Sachen quälen das arme Dirndl …"

Frau Horvatits begann lauter zu weinen. Der Inspektor zückte ein Taschentuch aus seiner Weste und reichte es der alten Dame. Sie bedankte sich und dem folgenden Geräusch nach schnäuzte sich eine komplette Elefantenherde aus ihrer Nase.

„Die Romana", führte sie weiter aus. „Die hat ihm das Genick gebrochen. So ein stures Weib. Die hatte meinen Buben gar nicht verdient."

Der Inspektor fragte, ob er heißes Wasser haben könne. Frau Horvatits stellte einen kleinen Emailtopf auf den Tischherd und füllte diesen mit Wasser. Einige Tropfen gingen dabei daneben und schlugen auf die heiße Herdplatte. Sofort verdampften sie unter lauten Zischgeräuschen. Der Emailtopf dürfte wohl auch an der Unterseite etwas Wasser abbekommen haben, denn er tänzelte sanft über die schwere gusseiserne Platte.

„Gibt es schon Verdächtige?", fragte Frau Horvatits.

„Wir sind gerade dabei, jene Leute, mit denen Ihr Sohn Probleme hatte, zu treffen. Da Janisch …“

Prompt wurde der Inspektor unterbrochen.

„Hör auf mit dem Janisch. Das war der Allerschlimmste. Der hat meinen Buben von vorne bis hinten betrogen bei seinem Hausbau. Es wundert mich nicht, dass seine Bude kurz vor dem Konkurs steht. Außerdem hat er den Fredi bedroht, wegen seiner Tochter. Was soll denn mein Sohn mit einer 19-Jährigen? Die hat bis vor ein paar Jahren noch Pferdeposter gesammelt. So einer war er nicht.“

Sifkovits wollte eine Zwischenfrage stellen, wurde aber vom Redeschwall der alten Dame überrollt.

„Und ganz gefährlich ist der Frena. Ein Hascher. Der tut sich auch Suchtmittel spritzen. Haben Sie nicht gehört, dass der Tiroler Sturschädl meinen Sohn angegriffen hat?“

Der Inspektor erklärte Frau Horvatits, dass er von dem tätlichen Angriff vor Frenas Hütte Bescheid wusste. Allerdings käme diese Information vom Jäger Slivo und wäre somit mit Vorsicht zu genießen, was den Wahrheitsgehalt betreffe.

Das Wasser begann zu kochen. Frau Horvatits nahm den Emailtopf vom Herd, um den Inhalt in ein Häferl zu gießen. Es hatte einen zarten Henkel. Ein goldumrahmter Lorbeerkranz umschloss das Wort „Leopold“, welches in gotischer Schrift in der Mitte zu lesen war.

Der Inspektor tunkte einen Beutel Käsepappeltee in das Häferl, erhob sich mit diesem in der Hand und blickte sich in der Küche um. Sein Blick blieb bei einem Bild hängen, das einen jungen Mann vor einem roten Opel Kadett zeigte. Der Mann trug eine blaue Jeans, ein rot-blau kariertes Hemd und Jogging-High-Schuhe.

„Mein Gott. Jogging High. Der letzte Schrei in den Achtzigerjahren", frohlockte Sifkovits. „Die Schuhe hätt' ich auch gerne gehabt, aber meine Mutter sagte, dass wir für so einen Blödsinn kein Geld hätten."

Frau Horvatits stellte sich neben den Inspektor.

„Das ist er. Mein Bua. Damals war er gerade achtzehn. Ganz stolz war er auf diese Schuhe, weil die eine Dämpfung oder so hatten", schwelgte sie in der Erinnerung. „Schau, mit welch geschwellter Brust er dasteht. Vor seinem eigenen Auto, das er sich mit seinem eigenen Geld gekauft hat. Das Foto haben wir hinten im Hof gemacht. Vor seiner ersten Ausfahrt."

Zweifelsohne wirkte der junge Mann auf dem Foto mehr als zufrieden. Sehr stolz präsentierte er mit der rechten Hand den roten Opel Kadett.

„Ich habe das Foto seit heute wieder hier hängen, an seinem ursprünglichen Platz."

„Wo war's denn davor?", wollte der Inspektor wissen.

„In meinem Schlafzimmer. Mein Sohn wollte nicht, dass es hier in der Küche hängt, wo es alle sehen können. Er hatte unseligerweise ein großes Pech bei seiner ersten Ausfahrt. Nach Oberwart wollte er ins Kaffeehaus. Und, lässig wie er sein wollte, hat er die Abkürzung über den Forstweg durch den Wald in Kemeten genommen. Wie es der Teufel haben wollte, ist ihm ein Reh ins Auto gelaufen. Er war ganz aufgelöst, als er nach Hause kam. Gleich ist er hinten im Schuppen verschwunden und hat den Schaden repariert. Sogar umlackiert hat er das Auto. Von Rot auf Schwarz."

„Wieso?", fragte Sifkovits

„Weil er zu lange auf den roten Kotflügel hätte warten müssen. Einen schwarzen hatte das Autohaus Wagner lagernd. Damals ist ja die ganze Jugend Kadett gefahren. Dann hat er ihn gleich schwarz lackiert. Dann hat er mich gebeten, das Foto wegzutun."

Der Inspektor kratzte sich unter seiner Kappe und dachte nach.

„Hat das was zu bedeuten?", fragte Frau Horvatits.

„Nein." Sifkovits klopfte sich mit der Faust auf die Lippen. „Sagen Sie, Frau Horvatits, Sie waren zum Tatzeitpunkt, zwischen 12.00 und 15.00 Uhr, hier?"

„Ja, klar. Dafür gibt' s genug Zeugen. Es sind nur mehr ein paar Tage bis Ostern und die Leute kaufen ihre Eier immer am letzten Drücker."

„Benahm sich von der Kundschaft irgendjemand ungewöhnlich oder ist Ihnen sonst etwas aufgefallen?"

Frau Horvatits verneinte die Frage des Inspektors.

„Gut, dann danke ich Ihnen einstweilen, Frau Horvatits, und mein aufrichtiges Beileid."

Sifkovits stellte das Leopold-Häferl ab und verließ die Küche. Frau Horvatits nahm das Bild ihres Sohnes von der Wand und stellte es vor sich auf den Tisch. Sie küsste ihren Zeigefinger und tippte anschließend damit auf die Lippen ihres Sohnes. Deshalb hatte sie gar nicht bemerkt, dass der Inspektor wieder bei ihr in der Küche stand.

„Eine Frage noch, Frau Horvatits."

Die alte Frau schreckte aus dem Sessel hoch. „Bitte!?"

„Ihr Sohn wäre heute um 9.00 Uhr zum Frühstücken gekommen, ging aber nicht zu Ihnen hinein. Wissen Sie, warum?", fragte Sifkovits.

„Nein. Er hat wohl im Hof jemanden getroffen. Ich habe gehört, dass sie miteinander sprachen. Über eine Tür oder so. Dann sind beide gegangen. Ob miteinander, das weiß ich nicht."

Sifkovits machte sich einige Notizen in seinem Büchlein.

„Und derjenige, der mit Ihrem Sohn im Hof gesprochen hat, war vorher bei Ihnen, oder?"

„Ja. Er hat einen Haufen Eier gekauft."

„Kannten Sie den?", bohrte der Inspektor nach.

„Nein."

Sifkovits bedankte sich und machte sich auf den Weg zu seinem Auto.

Er hatte gerade den Zündschlüssel gedreht, da läutete sein Telefon. Nach einigen gymnastischen Verrenkungen hatte er es gefunden.

„Ja, bitte?"

„Guten Abend, Herr Inspektor. Gruber hier", begrüßte ihn die Kollegin.

„Guten Abend, Frau Kollegin, was verschafft mir die Ehre Ihres Anrufs?"

„Haben Sie was zu schreiben, Herr Inspektor?"

Es blieb Sifkovits nichts anderes übrig, als nochmals in die Küche von Frau Horvatits zu gehen. Natürlich hatte er seinen Kugelschreiber dort vergessen.

„Herr Inspektor?", war leise aus dem Mobiltelefon zu hören.

Eine Autotür wurde geöffnet und zugeschlagen. „So. Jetzt geht's!", teilte er seiner Kollegin zufrieden mit.

„Also. Ich habe das Alibi von Frau Simandl überprüft. Es ist wasserdicht. Zum möglichen Tatzeitpunkt hat Frau Simandl in Anwesenheit der Hinterbliebenen einen Hamster beerdigt. Schnepf und Höbert gaben an, in Wien gewesen zu sein, da sich ihre Firmen dort befinden. Das konnte ich noch nicht überprüfen. Um 13.17 Uhr läutete ein DPD-Bote bei Herrn Horvatits. Er öffnete nicht, deshalb nahm der Bote das Packet wieder mit und brachte es zur Abholstation „Steine und Räucherstäbchen – Jörg Pickel“ in Neudau. Inhalt war ein teurer automatischer Übersetzer …“

Sifkovits unterbrach seine eifrige Kollegin, die wie immer wertvolle Informationen parat hatte.

„Wahrscheinlich war er zu dem Zeitpunkt schon tot“, stellte er fest.

„Er könnte aber auch einfach nicht geöffnet haben“, warf Gruber ein.

„Das glaube ich nicht, Frau Kollegin. Ich glaube, er ging nach dem Essen duschen und anschließend ins Solarium. So gegen 12.30 Uhr. In einem Solarium bleibt man in der Regel 15 bis 20 Minuten. In dieser Zeit muss der Mord geschehen sein. Noch dazu würde ich nicht auf ein automatisches Übersetzungsgerät mit Spracherkennung verzichten, wenn ich vorhabe, am nächsten Tag nach Panama zu fliegen. Er hätte dem Boten mit Sicherheit die Tür geöffnet. Seine Flucht war also geplant und nicht spontan.“

Kollegin Gruber konnte der Theorie von Sifkovits durchaus einiges abgewinnen. Er bat sie weiters noch, die Kontoaktivitäten des Ermordeten zu überprüfen.

„Mach ich, Herr Inspektor. Noch was: Die Auswertung der Fingerabdrücke haben wir auch bekommen. Unbekannte Fingerabdrücke auf der Tatwaffe. Alle anderen am Solarium, Kühlschrank usw. stammen vom Opfer.“

„Vielen Dank für Ihre wertvolle Hilfe, Frau Gruber.“

„Gern, Herr Inspektor, ich mache jetzt Feierabend.“

Ihre Stimme wirkte müde.

„Den haben Sie sich mehr als verdient. Auf Wiederhören.“

Sifkovits klappte sein Handy zu. Er wusste, von wem die Fingerabdrücke auf der Tatwaffe stammten.

Die Sonne war bereits untergegangen, als Sifkovits beim Haus der Schwester des Getöteten eintraf. Das restliche Abendlicht kämpfte gegen die übermächtige Dunkelheit, die bald ihren Mantel über Stinatz legen würde.

Das Haus von Alexandra Bayer lag in einer kleinen Nebenstraße und war das letzte in der Reihe. Es war ein praktischer, aber schmuckloser Neubau. Die Fassade war rot-grau gestrichen. Gleich dahinter begann ein Feldweg. Das Haus daneben wurde von einer Wiener Familie als Wochenenddomizil benutzt. In Wahrheit waren sie nur im Sommer da und redeten immer wieder darüber, was sie in der nächsten Zeit alles am Haus verändern würden. Bis heute war nichts geschehen.

Der kleine Vorgarten von Alexandras Haus war mit allerhand Osterdekor geschmückt. Vieles davon sah handgemacht aus. Hasen, Windräder mit kleinen bunten Eiern, kleine geflochtene Körbe mit Kunstgras und sogar Kunstwerke aus Ton, mit der Aufschrift „Frohe Ostern", zierten den Eingangsbereich. An der Eingangstür war ein Küken aus Holz befestigt. Vermutlich eine Laubsägearbeit.

Nachdem der Inspektor geläutet hatte, wurde ihm die Tür von einer attraktiven blonden Frau geöffnet. Er schätzte sie Anfang dreißig.

„Ja, bitte?", fragte die Frau.

„Guten Abend, Frau Bayer, mein Name ist Inspektor Sifkovits vom …"

Aus dem Haus drang eine forsche Männerstimme.

„Hase, wer is?"

„Die Polizei", rief die Frau nach hinten.

„Was will denn die Polizei um diese Zeit noch hier? Das gibt's ja nicht."

Sifkovits konnte hören, dass sich der Mann mit einem lauten Seufzer vermutlich von einer Couch erhob.

„Es tut mir leid, dass ich noch so spät störe, ich habe nur ein paar kurze Fragen zu Ihrem Bruder, dann … Grüß Gott."

Der Mann stand nun ebenfalls in der Tür und fixierte den Inspektor.

„Dann … bin ich gleich wieder weg, Herr Bayer, nehme ich an?"

Sifkovits streckte ihm die Hand entgegen. Seine freundliche Geste wurde nicht erwidert.

„Können Sie nicht ein anderes Mal kommen? Meine Frau steht unter schwerem Schock. Wissen Sie, dass sie unter Depressionen leidet und jede Aufregung sofort eine Panikattacke bei ihr auslösen könnte?"

Wegen des entschlossenen Auftritts von Herrn Bayer entschied sich der Inspektor, am nächsten Tag wiederzukommen, was aber bei Alexandra auf heftige Ablehnung stieß.

„Nein, kommen Sie herein!", bat sie Sifkovits.

„Es ist ok, Matthias", beruhigte sie ihren Mann, der nicht ganz mit der Entscheidung seiner Frau einverstanden zu sein schien.

„Aber machen Sie es kurz!", befahl er dem Inspektor und legte sich wieder auf die Couch im Wohnzimmer.

„Sie müssen entschuldigen, Herr Inspektor. Er hat den ganzen Tag gearbeitet und ist müde. Bitte gehen wir in die Küche, dort können wir ungestört reden."

Frau Bayer war augenscheinlich ein Handarbeitsgenie. Überall im Haus hingen oder standen diverse Kunstwerke aus Holz, Ton, Speckstein, Wolle und Häkelgarn. Die Motive hatten allesamt etwas Kindliches. Engel, Prinzessinnen, Einhörner und auch Sprüche, die gerahmt an den Wänden hingen. „Ich bin wertvoll", „Ich darf Nein sagen", „Ich werde frei sein" und „Ich möchte Ich sein" war darauf zu lesen.

Der Inspektor lobte die Kunstwerke von Alexandra. Obwohl sie auch aus Stinatz stammte, konnte er sich nicht an sie erinnern. Sehr wohl aber an ihren Bruder. Der war als Jugendlicher schon immer bei den „Gfrastern", wie man sagte.

„Diese Kraftsätze habe ich aus meiner letzten Psychotherapie mitgenommen. Sie helfen mir, wenn es mir schlecht geht", klärte sie den Inspektor auf.

„Das sind wichtige Botschaften", stellte er fest. „Sollte ich mir auch manchmal zu Herzen nehmen."

„Wie kann ich Ihnen behilflich sein, Herr Sifkovits?"

Alexandra forderte den Inspektor mit einer Handbewegung auf, sich zu setzen.

„Danke. Zuerst einmal mein Beileid."

Alexandra nickte nur kurz. Sifkovits verstand das als Aufforderung, gleich zum Punkt zu kommen.

„Frau Bayer, Sie haben heute am Vormittag mit Ihrem Bruder telefoniert. Worum ging es in diesem Telefonat?"

„Wir haben über's Frühstück gesprochen. Er wollte zur Mama kommen, so gegen 9.00 Uhr. Ich war dann um etwa 9.30 Uhr da, aber meine Mutter hat gesagt, dass er schon wieder weg sei."

„Demnach haben Sie nicht mitbekommen, dass Ihr Bruder mit einem Mann in der Einfahrt gesprochen hat."

Der Inspektor kannte die Antwort.

„Nein. Ist das wichtig?", fragte Alexandra.

„Vermutlich nicht. Laut Ihrer Mutter hat Ihr Bruder Sie immer wieder finanziell unterstützt."

Alexandra machte keinen Hehl daraus, dass ihr Bruder

viele Feinde hatte, aber sie und ihr Mann hätten immer von ihm profitiert. Vor drei Jahren begannen sie, das Haus zu bauen, nahmen einen großen Kredit auf und nur Matthias habe verdient, ihr wäre es nicht mehr möglich, zu arbeiten. Psychotherapien kosten Geld. Außerdem stecke gerade am Land das Thema psychische Gesundheit noch in den Kinderschuhen, vor allem was die Akzeptanz in der Bevölkerung betreffe.

„Man wird sehr schnell zum Psycherl abgestempelt. Ich war vor drei Jahren einmal auf Reha wegen meinen Panikattacken. In Ottenschlag im Waldviertel. Dort gibt es auch Patienten, die wegen ihrem Übergewicht hinkommen. Im Laufe der Zeit entwickelte sich eine Art Galgenhumor zwischen den verschiedenen Gruppen. Wir sagten immer: ‚Die Depperten und die Bladen.' Es war befreiend, darüber lachen zu können."

Auf die Frage, ob sie eine Vermutung hätte, wer denn ihren Bruder umgebracht haben könnte, antwortete Alexandra sehr wortkarg. Die Namen Schnepf und Höbert sagten ihr gar nichts. Den Janisch kenne sie vom Hausbau, weil er die ganze Elektrik installiert hatte.

„Mit der Romana hatte er immer wieder Probleme", fügte Alexandra noch hinzu.

„Sagt Ihnen der Frena etwas?"

Alexandra starrte in die Luft, um zu überlegen.

„Nicht wirklich. Ich habe den hin und wieder im Ort gesehen, aber nie mit ihm gesprochen."

Über seinen tätlichen Angriff auf ihren Bruder wusste sie nichts. Sifkovits musste noch eine unvermeidbare Frage stellen.

„Kennen Sie die Zahlenkombination am Türschloss Ihres Bruders?"

„Ja. Ich war ja oft genug in dem Haus", antwortete Alexandra.

„Frau Bayer, ich muss Sie das fragen, nur für meinen Bericht. Wo waren Sie heute zwischen 12.30 und 13.30 Uhr?"

Alexandra überlegte kurz.

„Ich war zu Hause und habe Marmelade eingekocht."

Sie deutete mit einer Handbewegung auf einige Marmeladengläser, die auf der Arbeitsfläche der Küche standen. Sifkovits erhob sich und nahm ein Glas in die Hand. Der Inhalt war rot.

„Rhabarber?", fragte er.

„Nein, Erdbeere", stellte Alexandra richtig.

„Aber noch nicht aus Ihrem Garten, oder? Die kommen ja erst im Mai."

„Nein, Herr Inspektor. Es sind gekaufte. Ich hatte einfach Lust darauf. Das Einkochen entspannt mich, man kann es durchaus als therapeutische Maßnahme sehen."

Sifkovits stellte das Glas wieder an seinen Platz zurück.

„Gibt es dafür Zeugen?", fragte er, als er wieder Platz nahm.

„Nein. Ich war allein im Haus. Mein Mann war arbeiten."

Der Inspektor bedankte sich, dass sie sich für ihn Zeit genommen hatte, machte noch einmal Komplimente über die schönen Kunstwerke und wandte sich zum Gehen.

„Lassen Sie Ihren Mann noch grüßen. Auf Wiedersehen, Frau Bayer!"

„Ich bringe Sie noch zur Tür."

Alexandra folgte ihm. Bei der Tür angekommen, fiel Frau Bayer etwas ein.

„Warten Sie! Ich habe ein Video auf Facebook gepostet, das mich beim Marmelademachen um die Mittagszeit zeigt, und auch ein paar Fotos."

„Na bitte!“, sagte der Inspektor.

Er nahm sich vor, Frau Gruber auf das Überprüfen des Videos anzusetzen.

„Ich kenne Ihre Mama. Ich habe sie schon öfter am Friedhof gesehen. Unser Papa liegt ganz in der Nähe“, sagte Alexandra.

„Ein Jour fixe von ihr“, sagte der Inspektor lächelnd und schlenderte zu seinem Auto.

Als er sich umdrehte, war Alexandra bereits verschwunden. Müde trat er die Heimreise an. Er freute sich auf sein Bett.

Die Spiegeleier mit Braunschweiger, die ihm seine Mutter zauberte, als er zu Hause ankam, nahm er mit nach hinten in sein altes Zimmer. Morgen, am Gründonnerstag, gebe es kein Fleisch, betonte Baba, also solle er die Wurst noch genießen. Das tat er. Mit vielen Gedanken im Kopf und ohne Zähne geputzt zu haben, schlief er ein.

Zu seinem Glück wusste er nicht, dass an diesem Abend ein anonymer Anruf beim LKA Eisenstadt einging.

Ein gewisser Oberst Taschner sollte am nächsten Morgen erfahren, wem die Tatwaffe im „Mordfall Horvatits“ gehörte.

8.

Es war kurz nach acht Uhr an diesem Gründonnerstag, als Inspektor Sifkovits den Kapaunerwald in Litzelsdorf erreichte. Die Hütte von Frena lag abseits des Forstweges und war nur über einen kleinen, ausgetretenen Pfad erreichbar, der steil nach unten führte. Die Sonne fand ihren Weg durch den dichten Nadelwald und beschenkte den Morgen mit einem prächtigen Spiel der Strahlen.

Dem Inspektor bot sich ein pittoreskes Bild der unberührten Landschaft. Er dachte, dass Tiere im Wald keinen Schmutz machen würden, Menschen aber schon und es erstrebenswert wäre, sich wie ein Tier zu benehmen. Sifkovits liebte den Wald, hatte für den Abstieg jedoch nicht das richtige Schuhwerk. Vorsichtig stapfte er den Pfad hinunter und versuchte etwas ungeschickt, das Gleichgewicht zu halten. Er duckte sich schnell vor einem großen Ast und übersah dadurch eine Wurzel auf dem Boden. Im Skisport würde man von einem klassischen Einfädler sprechen. Seine Ballonmütze flog voraus, danach kam sein Besitzer. Beide landeten, durchs Moos gedämpft, direkt vor der Hütte.

Diese war etwa 25 Quadratmeter groß. Die Kopftuchmafia hatte, was ihren Zustand betraf, nicht zu viel versprochen. Sifkovits konnte sich erinnern, dass die Hütte des alten Stipé so ausgesehen hatte, als würde sie jederzeit in sich zusammenkrachen. Nun blickte er auf ein liebevoll restauriertes Häuschen mitten im Wald. Frena hatte sich sogar die Mühe gemacht, alle Fensterbalken, die Rahmen und Latten der Zäune moosgrün zu streichen. Auch der Falz der Eingangstür war in dieser Farbe. Sogar der Weg rund um die

Hütte war gepflegt. Alles in allem sah die Hütte verträumt, aber nicht kitschig aus und passte wunderbar in das Naturambiente.

Sifkovits klopfte. Nach einiger Zeit öffnete ihm ein kerniger Mann Mitte vierzig mit leuchtenden braunen Augen die Tür. Er trug einen angegrauten Vollbart. Sein Gesicht war braun und erinnerte an gegerbtes Leder.

„Wos isch?", fragte der Mann mit breitem Tiroler Dialekt.

„Herr Frena?", sagte Sifkovits.

„Wer will das wissen?"

„Gruppeninspektor Sifkovits vom LKA Eisenstadt", versuchte der Inspektor freundlich zu sein.

„Das kann jeder sagen! Ausweis!?", forderte Frena forsch.

Sifkovits kramte verbissen in seinen Taschen, konnte den Ausweis aber nicht finden.

„Ich habe meinen Ausweis leider im Auto vergessen, wäre es trotzdem möglich …"

Schroff wurde der Inspektor unterbrochen.

„Kein Ausweis, keine Auskunft!"

Bevor Sifkovits noch etwas sagen konnte, fiel die Eingangstür ins Schloss. Er blickte etwas verdutzt auf das gemaserte Holz und zog zugleich die Augenbrauen nach oben und die Mundwinkel nach unten. Es blieb ihm nichts anderes übrig, als zurück zum Auto zu stapfen.

Der Inspektor benötigte zehn Minuten, um den Dienstausweis zu finden. Er war zwischen Fahrersitz und Handbremse gerutscht und steckte fest. Eine ungünstige Position. Eine Schramme am Zeigefinger bezeugte die intensive Suche nach seiner Legitimation.

Beim neuerlichen Abstieg war Sifkovits vorsichtiger. Er stieg gazellenhaft über jene Wurzel, die ihn zuvor zu Fall gebracht hatte, übersah dadurch aber den herausstehenden Ast. Diesmal setzte zuerst der Körper zur Landung an und die Ballonmütze bildete die Nachhut. Der Inspektor stand auf, schüttelte sich die Walderde von der Kleidung und klopfte erneut.

„Wos isch?", fragte Frena wieder, nachdem er geöffnet hatte.

„Bitte! Hier ist mein Ausweis." Sifkovits hielt den Ausweis etwas höher als sonst, so als würde er ein Schmuckstück präsentieren. Ihm fiel auf, dass Frena das Foto gar nicht betrachtete, sondern mit dem Blick beim Inspektor blieb.

„Sie haben Schmutz auf der Wange", sagte er.

Sifkovits wischte sich über das Gesicht.

„Tatsächlich", stellte er mit feuchter Hand fest.

„Bist über die Böschung geflogen?", wechselte Frena ins Du.

Sifkovits nickte.

„Das ist das Problem bei euch Flachländer. Im Gelände müsst ihr auf den Allradantrieb wechseln. Wir haben 4WD in unseren Beinen. Ihr seid's halt richtige Zwetschkenmandln. Wenn's beim Rudern staubt, dann ist kein Wasser mehr im See, oder?"

Sifkovits lächelte gequält ob dieser Komplimente. Frena deutete ihm mit einer Kopfbewegung, hereinzukommen.

In der Hütte bot sich ein ähnliches Bild wie draußen. Die Farbmischung aus braun und moosgrün war allgegenwärtig. Im Raum standen ein massiver Jogltisch mit kunstvoll geschnitzter Eckbank, ein Tischherd, in dem Feuer knisterte, eine bunt bemalte Bauernkommode. Eine Tür führte vermutlich ins Schlafzimmer. Sifkovits fiel auf, dass Frena kaum persönliche Gegenstände in der Hütte hatte. Keine Fotos, keine Urkunden, keine Pokale, nichts, das etwas über seine Vergangenheit erzählen könnte.

Frena setzte sich auf die Eckbank und schnitt mit einem Hirschfänger dicke Räder von einer Knackwurst ab.

„Hock di her!", befahl er dem Inspektor.

Dieser gehorchte und setzte sich zu ihm auf die Bank.

„Herr Frena, ich untersuche den Tod an Fredi Horvatits ..."

„Ja und? Was hab ich damit zu tun?", wurde Sifkovits sofort unterbrochen.

„Naja, es gibt einen Zeugen, der gesehen hat, dass Sie mit dem Fredi Horvatits ein, sagen wir mal, Handgemenge hatten. Anscheinend haben Sie etwas von Erpressung gesagt. Worum ging's da?", fragte der Inspektor.

„Um nix!" Frena schob sich ein Radl Knacker in den Mund. „Der Gschaftlhuaber hat gemeint, dass ich gegen meine Bewährungsauflagen verstoßen würde und dass er zur Polizei geht. Ich weiß eh, warum, weil ich einmal seinem Weibetz gegen ihn geholfen habe. Draußen auf der Straße. Er hat so einen Fetzen gehabt, dass er kaum mehr stehen konnte und war zudringlich. Des mag i nit. Da habe ich ihr geholfen und er war eifersüchtig."

„Warum sind Sie denn auf Bewährung?", wollte Sifkovits wissen.

„Drogen. Heroin, Kokain, Marihuana, Pilze, Ecstasy, Muskat habe ich geraucht, nur Crystal Meth hab ich nie probiert, wegen meinen schönen Zähnen."

Die Selbstverständlichkeit, mit der Frena die Drogen aufzählte überraschte den Inspektor.

„Und jetzt?", fragte er

„Nix mehr. Ich bin weg von dem Zeug."

Sifkovits blickte auf Frenas Arme, sie waren zerstochen. Er erhob sich, schlenderte durch die Hütte und verschränkte seine Arme hinter dem Rücken.

„Schön haben Sie die Hütte renoviert, Herr Frena. Ich kenne sie noch ganz anders. Da war dieser Raum alles andere als einladend. Wohnen Sie ganz allein hier?"

„Ja. Ich seh niemanden hier", antwortete Frena schnell.

„Keine Besuche?"

Auch das verneinte der Tiroler.

„Vermutlich haben Sie dann für gestern in der Zeit von 12.30 bis 13.00 Uhr kein Alibi", stellte der Inspektor fest.

„Na und? Brauche ich eines? Bin ich verdächtig?"

Sifkovits schüttelte den Kopf.

„Na eben. Ich habe bis heute nicht einmal gewusst, dass der goscherte Dolm ermordet wurde."

Frena stand auf und holte sich eine Tube Senf aus dem Kühlschrank. Dem Inspektor stach sofort etwas ins Auge, das ihn zum Grübeln brachte.

„Willst auch?", fragte Frena, während er dem Inspektor eine Knackwurst anbot.

„Nein, danke, ich esse zu Hause. Heute gibt's … äh … irgendwas mit Ei."

Genüsslich stopfte sich Frena ein weiteres in Senf ertränktes Stück Knacker in den Mund.

„Wovon leben Sie, Herr Frena?"

„Vom Erbe meiner Mutter."

„Und warum Südburgenland?"

„Weil es zu Hause in Fulpmes nicht mehr ging. Ich habe einen Perspektivenwechsel gebraucht. Je extremer, desto besser. Also habe ich mir gesagt, entweder Sibirien oder Südburgenland."

Aus der Sicht des Inspektors hinkte dieser Vergleich gewaltig, aber er behielt seine Meinung für sich. Bevor sich Sifkovits verabschiedete und sich bei Frena für die Informationen bedankte, fragte er, ob er die Toilette benutzen dürfe. Frena überreichte ihm einen Schlüssel mit Tirol-Anhänger.

„Das Heisl is draußen ums Eck.“

Sifkovits nahm den Schlüssel an sich und machte sich auf den Weg nach draußen. Der Lokus war etwas versteckt hinter ein paar immergrünen Waldsträuchern. Dorthin war ein kleiner Weg angelegt. Für ein „Panoramaklo“ war es gut ausgestattet. Strom, eine Spülung, die höchstwahrscheinlich in eine Senkgrube mündete, und sogar ein kleiner Heizstrahler waren vorhanden.

In Sifkovits' Erinnerung war das Panoramaklo, das sie früher zu Hause hatten, weitaus weniger luxuriös. Der Ausdruck stammte von seinem Vater. Der ging mit Vorliebe frühmorgens auf die Toilette, mit seiner Taschenlampe, die er immer als „Battrie“ bezeichnete, und ließ die Türe offen. Vor ihm bot sich ein schönes Panorama und er konnte in der Morgendämmerung die Rehe beobachten. Die Fäkalien wurden zum Düngen der Fisolen verwendet, um ebendiese Rehe davon abzuhalten, die Pflanzen anzufressen.

Als er sich hinsetzte, fiel sein Blick auf die Klopapierrolle, die vor ihm in einem Halter hing. Die Art, wie die Rolle in der Halterung saß, brachte die Gedanken des Inspektors zum Rollen. Die Abrissseite war nach hinten gerichtet und berührte somit die Wand.

Zurück am Hütteneingang gab er Frena den Schlüssel. Der wollte die Haustüre schon zuschlagen, doch Sifkovits stellte ein Bein in den Spalt.

„Eine Sache noch, Herr Frena. Ich musste lachen, als ich bei Ihnen am Klo war und gesehen habe, in welche Richtung Ihr Klopapier hängt. Abrissseite nach hinten. Genau, wie es meine Frau auch immer macht. Wir hatten darüber schon heftige Diskussionen, dass meiner Meinung nach die Abrissseite vorne sein muss. Nachdem meine Frau am Klo war, muss ich jedes Mal die Klopapierrolle umdrehen. Dasselbe mit dem Senf. Sie drückt die Tube immer in der Mitte aus, ich am Ende. Man bekommt mit dem Drücken am Ende einfach mehr heraus. Ich konnte dasselbe Phänomen bei vielen anderen Frauen in unserem Bekanntenkreis beobachten."

Frena zuckte mit den Schultern. Er wusste nicht, was ihm der Inspektor damit sagen wollte.

„Ja, Sie haben mir vorhin erzählt, dass Sie hier allein leben, Herr Frena."

„Genau!", bestätigte er knapp.

„Es ist nur eigenartig, weil Sie vorher, als Sie den Senf auf Ihre Knacker gaben, hinten an der Tube gedrückt haben", stellte der Inspektor fest.

„Ich drück einmal so und dann wieder anders."

„Das wird's sein. Danke."

Sifkovits reichte Frena die Hand und marschierte in Richtung des Pfades. Er bemerkte, dass ihn der Mann aus der Hütte noch lange beobachtete. Erst als er oben bei seinem Auto angekommen war, hörte er, wie die Eingangstür zufiel.

Sifkovits stieg in sein Auto, griff in seine linke Westentasche und holte etwas hervor. Er hatte es auf dem Weg zur Toilette nach den Sträuchern auf dem Weg gefunden.

Es handelte sich um einen roten Kieselstein.

9.

Die Wohnung von Romana Bischof lag in Stegersbach, einem Nachbarort von Stinatz, war klein, praktisch und modern eingerichtet. Sifkovits schätzte sie auf um die 60 Quadratmeter. Die Küche nahm die größte Fläche in Anspruch. Ein großer knalliger Kühlschrank, der vom Design her an das Amerika der Sechzigerjahre erinnerte, war der unangefochtene Blickfang im Raum. Darauf stand ein kleines Radio. Daraus waren gerade die letzten Takte des Roy-Black-Klassikers „Ein kleines bisschen Zärtlichkeit" zu hören.

Ein kleines bißchen Zärtlichkeit,
Mehr kann ich dir heut' nacht nicht geben.
Ich weiß jetzt nach so langer Zeit,
Dein Herz ist nicht zu mehr bereit.

„So, das war Roy Black mit seiner ‚Kleinen Zärtlichkeit'. Ein Klassiker, und jetzt kommen wir zu etwas ganz Neuem. Gestern Weltpremiere auf Ö3, heute schon auf Radio Burgenland, Seiler und Speer mit ihrer brandneuen Single ‚Da Osterhas hod a Burn-out'. Viel Spaß damit!"

Neben dem Brotkasten aus Zirbenholz lagen zahlreiche Süßigkeiten. Mohnstrudel, diverse Schokoladen, eine angerissene Packung Schaumspitze und Gummibären.

Romana Bischof, eine, sympathische schwarzhaarige Frau Ende zwanzig bat den Inspektor, sich zu setzen.

„Wollen Sie einen Kaffee, Herr Inspektor?"

„Nein, danke. Nur heißes Wasser", antwortete Sifkovits, während er den Beutel Käsepappeltee aus seiner Westentasche zog.

Romana goss Wasser in einen Wasserkocher.

„Wie kann ich Ihnen helfen?“, fragte sie.

„Sie sind eine Naschkatze, oder?“ Der Inspektor deutete auf die Süßigkeiten.

Romana schenkte ihm ein nachsichtiges Lächeln. „Irgendein Laster muss man haben, wenn man ansonsten so brav ist.“

Sie stellte eine Tasse mit gekochtem Wasser vor den Inspektor auf den Tisch.

„Stimmt. Meines ist das“, sagte Sifkovits lachend und gab seinen Teebeutel ins heiße Wasser. „Wobei ich ehrlich zugeben muss, dass ich auch gern nasche. Ich liebe Nussstrudel, auch alle süßen Knödel – Zwetschke oder Marille. Mögen Sie Marillenknödel?“

„Ich liebe sie!“, sprudelte es aus Frau Bischof heraus.

„Mich?“, schrie Sifkovits überrascht.

„Nein, die Marillenknödel!“

„Ach so … Da hätte ich einen guten Tipp für Sie, von meiner Mutter. Sie gibt anstatt des Würfelzuckers eine Rumkugel in die Marille. Ich sage Ihnen, das ist ein Highlight für die Geschmacksnerven.“

Romana bedankte sich für den Tipp, sie werde das beim nächsten Mal gleich ausprobieren. Langsam verflüchtigte sich die unbeschwerte Stimmung. Romana Bischof blickte zu Boden, der Inspektor fixierte seine Tasse. Schließlich war er es, der die Stille durchbrach.

„Frau Bischof, ich muss Ihnen ein paar Fragen stellen.“

„Das war mir schon klar, dass Sie nicht gekommen sind, um mit mir über Marillenknödel zu plaudern“, stellte sie fest.

„Wie lange waren Sie mit Fredi Horvatits liiert?“, fragte Sifkovits.

„Ungefähr drei Jahre."

„Haben Sie fix bei ihm im Haus gewohnt?"

„Nein!", wehrte Frau Bischof ab. „Ich habe mir diese Wohnung immer behalten. Das war mein Rettungsboot, wenn es Probleme gab. Ich komme immer mehr zu der Erkenntnis, dass wir Menschen nicht für das Zusammenleben geschaffen sind. In Wahrheit ist es ein ständiger Kompromiss. Dinge, die am Anfang der Beziehung als süße Marotten wahrgenommen werden, entwickeln sich mit der Zeit zu echten Problemen. Am Schluss unserer Beziehung konnte ich Fredi nicht mal mehr dabei zusehen, wie er sein Frühstücksei köpfte. Ich wurde aggressiv, noch dazu hatte er einen Räusperer, der mich auf die Palme brachte."

„Aber das wird doch nicht der Trennungsgrund gewesen sein?", hakte der Inspektor nach.

„Nein. Wie Sie vielleicht schon wissen, hatten wir Probleme. Wenn er etwas getrunken hatte, wurde er aufdringlich und zynisch. Noch dazu hatte er viele Affären."

„Sie meinen die Tochter vom Fritz Janisch?" Sifkovits stellte sich bei dieser Frage etwas dumm.

„Die nicht. Da war nix. Ganz sicher. Er war zwar ein Hallodri, aber diese Dame entsprach nicht seinem Beuteschema. Noch dazu gingen die Avancen von ihr aus."

Der Inspektor brachte den Namen Frena aufs Tapet und wollte von Frau Bischof mehr über die Auseinandersetzung der beiden wissen.

„Ich kannte den Frena bis dato nicht. An jenem Abend, als Fredi zudringlich wurde, habe ich ihn zum ersten Mal gesehen. Er half mir aus dieser unangenehmen Situation. Fredi war danach in seiner Ehre gekränkt und meinte, dass er diesen Tiroler fertigmachen werde."

Über das Handgemenge vor Frenas Hütte wusste Romana nichts. Sie habe Frena seitdem auch nicht mehr gesehen und wisse nicht, wo er wohne.

„Sie haben gestern Vormittag noch mit Herrn Horvatits telefoniert. Worum ging's in dem Gespräch?", fragte Sifkovits.

„Er hat sich von mir verabschiedet und gemeint, dass ich ihn nie mehr sehen würde. Ich habe es zur Kenntnis genommen und aufgelegt", antwortete sie trocken.

„Warum haben Sie nicht nachgefragt?"

„Weil ich diese Art Anrufe von ihm zur Genüge kenne: ‚Komm zu mir, sonst bring ich mich um' usw. Er wollte mich nur unter Druck setzen. Der Gipfel war ein Anruf am Handy, bei dem er mir androhte, dass er sich im Wohnzimmer erschießen würde, wenn ich nicht sofort zu ihm käme. Ich hörte aber im Hintergrund Geräusche von Menschen. Schließlich hat sich herausgestellt, dass wir beide im selben Lokal waren."

Romana schüttelte den Kopf und schmunzelte leicht. Sie erklärte dem Inspektor, dass sie sich dann von Fredi getrennt habe.

„Wissen Sie, Herr Inspektor, ich gehe ab sofort meinen Weg allein, so kann ich von niemanden überholt werden."

„Das ist ein sehr guter Spruch", musste Sifkovits zugeben. „Stammt der von Ihnen?"

„Nein, von Marlon Brando."

Der Inspektor trank einen kräftigen Schluck von seinem Käsepappel-Gschloder.

„Abgesehen von seiner Penetranz, wenn er getrunken hatte, und seinen abgedroschenen Drohungen, was war Fredi Horvatits sonst für ein Mensch?", fragte er die junge Frau.

„Ein manipulativer, aber dabei ausgestattet mit einer gehörigen Portion Bauernschläue. Kennen Sie die Geschichte vom Mann mit den Eseln?" Sifkovits verneinte und so begann Romana Bischof mit der Geschichte.

„Vor langer Zeit lebte ein Mann, der nahe einer Landesgrenze wohnte. Er ging jeden Tag mit zwei Eseln über die Grenze. Die Esel hatte jeweils zwei Fässer umgeschnallt. Natürlich wurde der Mann von einem Grenzbeamten kontrolliert, aber die Fässer waren leer. Über Jahre hinweg ging der Mann mit seinen Eseln über die Grenze und jedes Mal waren die Fässer ohne Inhalt. Der Grenzbeamte wusste, dass der Mann irgendetwas schmuggelte, kam aber nicht dahinter. Eines Tages, als beide Männer schon alte Herren waren, fragte der Grenzbeamte den Mann: ‚Ich habe dich so viele Jahre kontrolliert, aber nie etwas in deinen Fässern gefunden. Sag mir doch, was du geschmuggelt hast.' Darauf antwortete der Mann: ‚Die Esel!' Genau so ein Typ war Fredi."

Was für eine erstaunliche Geschichte, dachte der Inspektor.

„Fredi konnte einem den hässlichsten Kugelschreiber verkaufen. Selbst wenn jemand gesagt hätte, dass der Kugelschreiber nicht nur hässlich sei, sondern obendrein auch nicht funktionstüchtig, hätte er dir klargemacht, dass dieser Kugelschreiber von bulgarischen Straßenkindern zusammengebaut wurde und man mit dem Kauf eine gute Sache unterstützen würde."

„Wussten Sie, was er genau arbeitete?", wollte Sifkovits wissen.

„Es hatte mit Geld zu tun. Er sprach aber nie übers Geschäft. Auf der anderen Seite war ich gar nicht unfroh darüber, denn beim Leberkäse möchte ich auch nicht wissen, wie er hergestellt wird."

Inspektor Sifkovits' Blick fiel auf einen Palmkatzerlstrauch, der mit gekratzten Eiern dekoriert war. Er kannte die Muster. Sie waren von seiner Mutter.

„Schön!", sagte er auf den Strauch zeigend.

„Ja, ich habe die Eier gestern Vormittag in Stinatz geholt, bei einer sehr resoluten alten Dame mit herbem Charme."

„Ich weiß, Sie waren bei meiner Mutter", klärte sie der Inspektor auf.

Romana Bischof war die Aussage über Sifkovits' Mutter sichtlich peinlich. Er beruhigte sie, dass er sie als Kompliment verstanden habe und er ja wisse, wie seine Mutter oftmals auf Menschen wirke.

„Was haben Sie danach gemacht?", fragte er.

Romana überlegte eine Weile.

„Ich war noch beim Billa hier in Stegersbach und danach bin ich nach Hause gefahren", versuchte sich Frau Bischof zu erinnern.

„Waren Sie über Mittag zu Hause?", bohrte Sifkovits nach.

„Ja."

„Kann das jemand bezeugen?"

„Nein, ich war allein."

Der Inspektor bemerkte eine aufkommende Unruhe in Romanas Gesichtsausdruck. Er bedankte sich und ging Richtung Ausgang. Als er schon im Stiegenhaus war, drehte er sich noch einmal um.

„Zwei Fragen noch, Frau Bischof."

„Gern", sagte sie mit etwas angekratzter Stimme.

„Könnten Sie mir in diese Flasche kaltes Wasser einfüllen?"

Der Inspektor überreichte Frau Bischof eine leere Flasche Güssinger Zitrone. Prompt verschwand sie in der Küche und füllte die Flasche voll.

„Vielen Dank, Frau Bischof." Der Inspektor schüttelte ihr die Hand und wollte gehen.

„Warten Sie!", wurde er von Romana aufgehalten. „Was war denn die zweite Frage?"

Sifkovits tippte sich auf die Stirn.

„Aja. Kennen Sie die Zahlenkombination bei Fredi Horvatits' Eingangstür?"

„Ja. Warum? Ist das wichtig?"

Romana Bischof trat ebenfalls ins Stiegenhaus.

„Nein. Ich glaube nicht. Auf Wiedersehen."

Diesmal drehte sich der Inspektor nicht mehr um.

Als Sifkovits ins Auto stieg, bemerkte er, dass er sein Handy am Beifahrersitz vergessen hatte. Darauf waren 37 Anrufe in Abwesenheit. Alle von derselben Nummer. Er kannte sie nur zu gut.

Exakt 90 Minuten später stand der Inspektor beim Rapport vor seinem Vorgesetzten Sebastian Taschner. Üblicherweise absolvierte er diese Termine allein, doch diesmal hatte Sifkovits Unterstützung. Neben ihm stand seine Mutter und kochte vor Wut.

10.

„Sifkovits, wie können Sie während einer laufendenden Mordermittlung verschweigen, dass die vermutliche Tatwaffe Ihrer Mutter gehört!"

Oberst Sebastian Taschner war sichtlich aufgebracht. Er hatte die Hände hinter dem Rücken verschränkt und wirkte wie ein General, der seine Truppe zusammenstutzte.

„Das kann doch alles nicht wahr sein! Wenn wir nicht zufällig einen anonymen Anruf von einer couragierten Bürgerin bekommen hätten, dann würden wir bis heute nicht wissen, wem dieses Rasiermesser gehört."

„Das ist ein Eierkratzmesser", blaffte Baba dazwischen.

„Das ist mir wurscht. Es steckte im Hals eines Toten!", blaffte Taschner zurück.

Er trug wie so oft seinen makellosen blauen Anzug. Die Haare hatte er streng nach hinten gegelt. Sein paradeisroter Kopf stellte einen auffälligen Kontrast zu seinem weißen Hemd dar.

Baba Sifkovits' Kopf war ebenfalls im Begriff, sich rötlich zu färben. Sie stand neben ihrem Sohn und traute ihren Ohren nicht. In der Hand hielt sie einen geflochtenen Korb, der randvoll mit Eierkratzutensilien gefüllt war. Taschner wollte sich nicht beruhigen.

„Bin ich denn hier der Kasperl für alle?", schrie er so laut, dass er selbst draußen im Kommissariat vom Kollegen Berner gehört wurde. Der nickte stumm, während er in eine Pizzaleberkäsesemmel biss.

„Herr Inspektor, nicht nur, dass Sie nie eine Dienstwaffe tragen …"

„Die stört mich so beim Sitzen“, unterbrach Sifkovits seinen Vorgesetzten.

„Halten Sie den Mund! Sie reden, wenn Sie gefragt werden. VERSTANDEN!?“

Das war zu viel für Baba. Sie stellte sich vor ihren Sohn, als wolle sie ihn vor einem hungrigen Löwen schützen.

„So, jetzt reicht's aber! Wie reden Sie denn mit meinem Buam? Tag und Nacht ist er auf den Beinen, um den Täter zu finden. Er leistet zurzeit Unmenschliches …“

Sifkovits stieß seine Mutter leicht an und flüsterte ihr „Übermenschliches“ ins Ohr.

„Halt dei Goschn, jetzt red ich“, bekam er dafür zu hören. „Ich bin mitten in der Kratzzeit, selbst wenn ich wollte, hätte ich jetzt keinen Kopf für einen Mord, und schon gar nicht am Fredi Horvatits. Was interessiert mich der Gipsschädel? Ich habe so viele Eierbestellungen, ich weiß gar nicht, wie ich das alles schaffen soll! Ich hab Wichtigeres zu tun, als irgendwen zu erstechen. Sie wissen ja gar nicht, was ich alles durchmache. Nach den Heiligen Drei Königen fange ich schon an zu kratzen. Nächtelang sitz ich gebückt bei mir in der Kuchl und mach mir das Kreuz kaputt, nur damit solche Rotzpippn wie Sie schöne Eier haben! Meine ganze Familie leidet darunter. Schauen S' meinen Sohn an. Ganz gelb ist er schon im Gesicht, weil ihm die Eierspeis schon aus die Ohren außekommt. Was Sie da sagen, ist ja wirklich die größte Frechheit, die ich je erlebt habe.“

Oberst Taschner blieb förmlich die Spucke weg. Er hatte mit allem gerechnet, nur nicht mit dieser Direktheit. Baba war aber noch lange nicht fertig.

„Wissen Sie, was Sie sind …“, setzte sie an.

Ihr Sohn versuchte ihr mit einer Handbewegung klarzumachen, dass dies jetzt keine gute Idee sei. Baba wechselte daraufhin ins Kroatische.

„Vi ste sa istinu nei vetća noria ku ja u žitki posnam.

Sveti Bog na nebu će pravdu pravednost. Božji Malini melju poljaka ali pravedno.

Jednog dano ćeš sjediti u prošeni i prosit pomoć, ali da ćemo moj sin i ja proći.

Zašto?

Mi vjerujemo u dobro, ali zlo je uvijek snami.

Tako strašna ljudska Figura, da misli da je najljepši.

Takve svinje smo me ujutro pušili u Pfeufi!!

Pogledi ga, dećko!

Izgleda kano klasični Idiot.

Smion je samo Bolmu iskat.

Sveta Marija Majka Božjega, zadrži me, ar ću ga šlapid da leti na guzicu.

Ne, ne prljam ruke, nekome tko ne zaslužuje titulu ćlovjeka.

Svaki vola ima više uglavi nego ovaj Nur, su ga vruće kupali kao bije Baba!

Nije pravu u glavi!

Kad bi Tata još bio živi, oh svetiji Angele Michael, bio bi jako jadovit, da su mu Rusi u zatvoru zeli njegovu Pušku.

Drži tvoj gubatz!"

(Übersetzung auf S. 170)

Taschners Kinnlade sank im Lauf der Zeit nach unten. Sein Blick war starr auf die resolute Dame gerichtet.

„Drži tvoj gubatz!", schob Baba noch hinterher.

Taschner erwachte aus seiner Erstarrung.

„Was hat sie gesagt?", wollte er vom Inspektor wissen.

„Sinngemäß, dass sie kooperieren wird."

„Ach so?“, fragte Taschner etwas ungläubig nach.

„Ja. Wir haben einfach durch unsere kroatischen Wurzeln mehr Temperament beim Sprechen“, versuchte der Inspektor, den Auftritt von Baba zu rechtfertigen. „Außerdem hat meine Mutter ein Alibi für die Tatzeit, viele Kundinnen und Kunden können das bestätigen. Heute am Abend sollte der Obduktionsbericht vorliegen und dann wird klarwerden, dass meine Mutter nichts mit dem Mord zu tun hat.“

Taschner trat nahe an den Inspektor heran.

„Hören Sie zu, Sifkovits. Wir warten jetzt auf die Auswertung der Fingerabdrücke Ihrer Mutter.“

„Natürlich sind am Kratzmesser meine Fingerabdrücke“, grätschte Baba hinein.

Taschner ignorierte ihren Einwand.

„Bis dahin bleibt Ihre Mutter hier und Sie fahren nach Wien, um mit den Herrschaften Schnepf und Höbert zu sprechen.“

„Naja, Schauen S', Herr Oberst …“, suchte der Inspektor nach Worten.

„Das ist ein Befehl.“

Sifkovits salutierte und stieß ein vollmundiges „Jawohl!“ aus.

„Siehst du, Spatzl, Gott sei Dank habe ich meine Sachen mitgenommen.“ Baba deute auf den Korb. „Was ist jetzt, Oberst Taschner? Ich muss weiterkratzen, sonst geht sich das nie aus bis Ostersonntag.“

Taschner führte Baba in eine kleine Küche im Kommissariat, dort könne Sie in Ruhe arbeiten, wurde ihr erklärt.

Bevor Sifkovits das Büro verließ, überreichte er dem Kollegen Berner jenen roten Kieselstein, den er auf dem Weg zu Frenas Klo gefunden hatte. Berner solle den Stein ins Labor bringen und vergleichen lassen.

Sifkovits hasste die Fahrten nach Wien. Er konnte sich jedoch auf sein Kennzeichen verlassen. Das E plus ein burgenländisches Wappen bedeuteten in Wien eine gewisse Bewegungsfreiheit im Straßenverkehr.

Die Befragungen von Schnepf und Höbert brachten keine neuen Erkenntnisse, was den Mord an Fredi Horvatits betraf.

Beide hatten ein Alibi für die Tatzeit. Höbert war gestern zu Mittag in der Nähe von Stockerau gewesen, wo sein Bruder eine Firma für Erdbau besaß, und Schnepf in seinem Büro. Er leitete ein Unternehmen, das die Vermittlung von Leiharbeitern organisierte. Ein schmutziges Geschäft, dachte Sifkovits, denn die Löhne und die Arbeitsbedingungen erinnerten eher an ein Bauprojekt im alten Rom. Hätte es damals schon eine Gewerkschaft gegeben und einen Kollektivvertrag, wäre das Kolosseum vermutlich nie fertiggestellt worden.

Nach Vermutung der beiden Befragten hatte Horvatits im Laufe der Zeit eine Scheinfirma aufgebaut. Anleger investieren Geld, damit zahlt man eine Prämie an einen anderen Anleger, so lange, bis das ganze Lügenkonstrukt zusammenbricht. Weiters waren beide Herrschaften überzeugt, dass sie Fredis bevorstehende Panamareise mitfinanziert hätten. Das wären ihre Prämien gewesen.

Ungefähr zur selben Zeit in Eisenstadt.

„Schau, Sebastian, du darfst beim Kratzen nicht so viel Druck geben“, sagte Baba zu Taschner, der ein gefärbtes Ei in der Hand hielt. Er hatte sein makelloses Sakko abgelegt, die Ärmel des weißen Hemds hochgekrempelt und saß neben Sifkovits’ Mutter in der Küche. Er ließ sich von ihr das

Eierkratzen erklären. „Wenn du zu viel Kraft einsetzt, dann bricht es."

Taschner versuchte vorsichtig, ein Muster in das grüne Ei zu kratzen. Baba schielte ihm dabei über die Schulter, nahm hin und wieder seine Hand, um sie richtig zu führen, und sparte nicht mit lobenden Worten.

„Sehr schön. Das wird eine Blume, oder?", fragte sie.

Taschner nickte. Der Ehrgeiz packte ihn und er versuchte, etwas mehr Druck zu geben. Das Ei zerbrach.

„Macht nix", wurde er von Baba getröstet. „Ich sag dir, mein Bub hat überhaupt kein Talent für so was. Aber dein Ei, ist nicht schlecht … Verkaufen würde ich es nicht mehr, aber fürs erste Mal muss ich sagen, du hast Talent."

Taschner freute sich sichtlich über die anerkennenden Worte von Sifkovits' Mutter. Sie fragte den Oberst, ob er denn nicht noch einen zweiten Versuch starten wollte. Er lächelte wie ein Schulbub und griff spitzbübisch nach einem roten Ei im Korb. Er betrachtete es kurz und wandte sich dann an Baba.

„Barbara, eine Frage. Du kannst auch Nein sagen, aber bevor ich noch ein Ei kaputtmache … äh … wollte ich … Ich zahle das auch …"

„Na, was ist? Raus mit der Sprache!", befahl Baba mit sanftem Unterton.

„Würdest du mir vielleicht ein Ei für meine Freundin kratzen? Rot ist nämlich ihre Lieblingsfarbe." Taschner gab Baba das Ei.

„Selbstverständlich. Das brauchst du nicht zu zahlen. Was soll ich reinkratzen? Blumen oder einen Spruch?"

„Blumen mag sie sehr gern. Und vielleicht könntest du schreiben ‚Für Elli. In Liebe, dein Basti'."

Taschners Augen glänzten, als Baba freundlich nickte. Sein Blick war wie der eines sechsjährigen Jungen, als die Sternspritzer am Christbaum angezündet wurden. Kurz danach würde es die Geschenke geben.

„Und nochmal, Barbara, es tut mir leid, dass ich vorhin so ruppig zu dir und deinem Sohn war", entschuldigte sich Taschner für seinen Auftritt.

„Aber das ist doch kein Problem, Sebastian. Du machst ja auch nur deine Arbeit. Und gerade beim Fredi hätten viele Leute einen Grund gehabt, ihn umzubringen. Der war schon als Kind eine Flasche. Die Mutter tut mir leid, die ist auch Eierkratzerin, mittendrin ein Mord, da kann man sich nicht mehr auf die Arbeit konzentrieren. Unter uns, ihre Eier sind nicht so schön wie meine. Sie ist bei der Ausführung viel zu schlampig."

Nach einiger Zeit hatte Baba das Ei für Taschner fertig. Mit einem breiten Lächeln nahm er es entgegen.

„Was ist, habt ihr Hunger?", fragte Sifkovits' Mutter.

„Ich mach euch schnell was. Erdäpfelpuffer? Ihr müsst ja was essen, bei den anstrengenden Ermittlungen."

Als Sifkovits aus Wien zurückkehrte, saß das gesamte LKA Eisenstadt, inklusive der Putzfrau, im Büro und verzehrte genüsslich Erdäpfelpuffer. Unter großem Händeschütteln und Danksagungen wurde Baba aus Eisenstadt verabschiedet. Zumal in der Zwischenzeit Babas Unschuld zweifelsfrei festgestellt worden war.

In Stinatz angekommen, setzte der Inspektor seine Mutter beim Bankerl der Kopftuchmafia ab und machte sich auf den Weg zur Gerichtsmedizin nach Oberwart.

Am Bankerl wurde Baba wie eine Heldin empfangen und alle versicherten ihr, dass niemand sie für eine Mörderin gehalten hätte. Baba war sich sicher, dass alle die Wahrheit sagten. Aber nicht hundertprozentig.

Dr. Miksch, trocken wie Knäckebrot, trug einen weißen Mantel und eine schwarze Krankenkasse-Hornbrille. Sifkovits mochte seinen Humor. Die Gerichtsmedizin war ein Ort, an dem man nicht gern lange blieb, also bat der Inspektor den Doktor, gleich zum Punkt zu kommen.

„Haben Sie's eilig?", fragte Dr. Miksch.

„Ja, ich muss zum Abendessen, meine Mutter macht … Eiernockerl."

„Sehen Sie, Herr Inspektor, man kann von Toten etwas lernen, die brauchen keine Uhr mehr, die haben unendlich viel Zeit."

Dr. Miksch entkam ein kleiner Lacher nach dieser Aussage, der in ein leichtes Grunzen überging. Mit einer schnellen Bewegung zog er das Tuch vom Körper eines Toten. Der Leichnam von Fredi Horvatits kam zum Vorschein.

„Nun gut, Herr Inspektor. Hier haben wir es mit einem sonderbaren Fall zu tun", sagte Dr. Miksch, während er auf die Leiche zeigte.

Sifkovits konnte seinen Worten nur zustimmen, denn die einzelnen Teile ergaben noch kein Ganzes in diesem Fall.

„Nicht jeder Tote erzählt uns seine Geschichte", fuhr der Doktor fort. „Unser Herr Horvatits aber erzählt uns mehr Geschichten, als wir hören wollen."

Sifkovits verstand nicht so recht, worauf Dr. Miksch hinauswollte.

„Herr Inspektor, sagt Ihnen der Begriff ‚untauglicher Versuch' etwas?"

Der Inspektor kratzte sich unter seiner Kappe.

„Ja … Herr Doktor … Wenn ich jemanden erstechen möchte und nehme dafür ein Gummimesser, dann habe ich den Vorsatz der Tötung, aber es kann nicht funktionieren."

„Richtig", lobte Dr. Miksch. „Hier haben wir es mit der umgekehrten Variante zu tun."

Dr. Miksch bestätigte damit einen Verdacht, der schon lange in Sifkovits' Kopf herumgeisterte. Fredi Horvatits war bereits tot gewesen, als man ihm das Messer in die Halsschlagader rammte. Er starb durch plötzlichen Herztod nach starken Herzrhythmusstörungen.

11.

Am nächsten Morgen startete Inspektor Sifkovits schon früh in Richtung Eisenstadt. Seine Mutter war bereits seit 4.00 Uhr munter und verbot ihm, ohne Frühstück zu fahren. Kurz vor Ostern legte Baba immer wieder Nacht- oder Frühschichten beim Eierkratzen ein.

Um kurz nach neun betrat Sifkovits das Kommissariat. In der Hand hielt er ein „Kaufhaus Maikits"-Stoffsackerl. Es war durch die oftmalige Verwendung schon etwas ausgeblichen. Sein Kollege Berner saß an seinem Schreibtisch und hatte eine Pferderleberkäsesemmel in der Hand. Als er etwas zu energisch hineinbiss, quoll der Senf an der Hinterseite nach außen und landete auf einem durchsichtigen kleinen Plastiksackerl. Darin befand sich der rote Kieselstein.

„Gut, dass du da bist, Schiffi", sagte Berner, der nicht bemerkte, dass er auch etwas Senf in den Mundwinkeln kleben hatte. „Der Stein, den du gefunden hast, ist identisch mit dem vom Tatort. Es handelt sich um ‚Fulpmer Eisenkies', einen speziellen Zierstein, der aus dieser Gegend in Tirol stammt."

Er überreichte Sifkovits das kleine Plastiksackerl. Gleich darauf war die Hand des Inspektors voll mit scharfem Estragonsenf. Missmutig blickte er auf seine Hand und anschließend auf die Kaubewegungen des Kollegen.

„Berner, heute ist Karfreitag. Da soll man kein Fleisch essen, eher einen Fisch", konnte sich Sifkovits nicht verkneifen.

„Ich weiß, Schiffi, aber das Problem ist mein Magen. Ich hab einen Reizdarm. Wenn ich Fisch esse, dann blast's mich auf wie einen Medizinball. Ich sollte eher Schonkost zu mir nehmen."

Der Inspektor runzelte die Stirn, als er auf die Semmel seines Kollegen deutete.

„Und du glaubst, dass Leberkäse dann das Richtige ist?"

Die Ironie in dieser Frage war kaum zu überhören.

„Is eh a Pferd. Das ist nicht so fett. Weil die Pferde machen ja viel Bewegung", verteidigte Berner seine Mahlzeit. „Außerdem habe ich in meinem Leben schon so viele Leberkäsesemmeln gegessen und außer a bissl Cholesterin bin ich pumperlgsund. Mein Körper hat sich im Laufe der Jahre schon daran gewöhnt, der wäre überfordert, wenn ich ihm plötzlich Spinat zuführen würde. Ich muss einfach sehr aufpassen. Die Erdäpfelpuffer von deiner Mutter habe ich gut vertragen."

„Meine Mutter kocht mit Schmalz", sagte Sifkovits.

„Ah, wahrscheinlich deswegen", stellte Berner zufrieden fest.

In diesem Moment betrat Oberst Taschner das Büro. Er ging flotten Schrittes in sein Büro und forderte Sifkovits mit einem „Mitkommen" auf, das Gleiche zu tun. Der Geruch von Jean Paul Gaultier wehte durch das Kommissariat. Klassisch, makellos, aber ein bissl fad.

„Alles Gute", rief Berner dem Inspektor nach.

Der stoppte vor der Tür zu Taschners Büro kurz und wandte sich an seinen Kollegen.

„Magst nicht vielleicht doch einmal einen Käsepappeltee trinken? Der würde deinem Magen guttun", fragte er.

Sofort wehrte Berner ab.

„Nein. Keinen Tee. Wenn ich wirklich Magenweh habe, dann trinke ich einen Leibwächter."

Sifkovits sah ein, dass er Berner nicht für sein Getränk begeistern konnte, und verschwand in Taschners Büro.

„Gratuliere, Herr Inspektor!“, frohlockte Taschner in überschwänglicher Stimmung.

„Wozu?“, fragte Sifkovits.

„Erstens zum Abschluss des Falles und zweitens zu Ihrer Mutter. Das ist eine außerordentlich faszinierende Frau, mit einer Lebenserfahrung, die ihresgleichen sucht. Wir haben uns blendend unterhalten, sie hat mir gezeigt, wie man Eier kratzt, und die Erdäpfelpuffer waren das Beste, was ich seit Langem gegessen habe. Chapeau!“

Der Inspektor bedankte sich für die lobenden Worte, wollte aber die Schwärmerei über den Schlussstrich zu den Ermittlungen nicht teilen.

„Was meinen Sie mit Abschluss, Herr Oberst?“

„Jetzt stellen Sie sich nicht dümmer, als Sie aussehen, Herr Sifkovits. Ferdi Horvatits starb an einem plötzlichen Herztod. Kein Mord, kein Fall.“

Taschner ließ sich zufrieden in seinen Bürosessel fallen und verschränkte seine Arme hinter dem Nacken. Die Niedergeschlagenheit des Inspektors war nicht zu übersehen.

„Was ist? Freuen Sie sich gar nicht, Herr Sifkovits? Ein Beweis mehr, dass Ihre Mutter mit dem Mord nichts zu tun hatte.“

„Ja, schon, Herr Oberst, aber diese vielen Ungereimtheiten am Tatort.“

„Was meinen Sie?“, fragte Taschner

„Das Kartonstück unter dem Solarium, der rote Kieselstein, der eindeutig der Hütte von Herrn Frena zugeordnet werden konnte, die leeren Eisboxen im Kühlschrank …“

Der Oberst unterbrach den Gruppeninspektor.

„Das sind nur Indizien, die nichts beweisen. Was wir wissen, ist, dass er tot war, als seine Halsschlagader durchbohrt wurde. Es ist kein Mord, wenn das Opfer schon tot ist – iSd § 15 Abs 3 StGB."

Taschner klappte seinen Laptop auf. Nach kurzer Zeit begann er vorzulesen: „‚Absolut untauglich iSd § 15 Abs 3 StGB ist ein Versuch nur dann, wenn die Verwirklichung des durch die Tathandlung angestrebten schädigenden Erfolgs auf die vorgesehene Art bei generalisierender Betrachtung, somit losgelöst von den Besonderheiten des Einzelfalls, aus der ex-ante-Sicht eines über den Tatplan informierten verständigen Beobachters geradezu ausgeschlossen erscheint und demzufolge unter keinen wie immer gearteten Umständen erwartet werden kann.' Alles klar?"

Sifkovits hatte keine Ahnung, wovon sein Vorgesetzter sprach, aber er nickte trotzdem.

„Falls der Täter wusste, dass Herr Horvatits bereits tot war, dann hätten wir es mit § 190 StGB Störung der Totenruhe zu tun", referierte Taschner weiter.

„Ja klar, Herr Oberst. Wenn ich jemanden überfahre und die Person war davor schon tot, dann könnte ich freigesprochen werden, auch wenn ich den Vorsatz hatte, die Person zu töten."

„Richtig, Herr Inspektor. Es entsteht, strafrechtlich gesehen, kein Schaden mehr, wenn man das so salopp ausdrücken möchte. Ihre Kompetenzen werden anderswo gebraucht, nicht um einen Mörder zu fangen, der gar keiner ist."

Sifkovits kratzte sich unter der Kappe. Er konnte und wollte es einfach nicht akzeptieren, was ihm sein Vorgesetzter sagte.

„Aber, Herr Oberst, da draußen läuft ein potenzieller Mörder herum", verschärfte der Inspektor seinen Tonfall.

„Es laufen leider viele potenzielle Mörder herum auf dieser Welt“, wehrte der Oberst kalt ab. „Es gab ja nicht einmal Hinweise auf einen Einbruch, oder?“

Der Inspektor musste die Frage wahrheitsgemäß verneinen.

„Ja also, was sollen wir dann ermitteln?“

Taschner blickte auf seine versilberte Breitling-Uhr.

„Gut, wenn sonst nichts mehr ist, Herr Inspektor, dürfen Sie jetzt gehen. Und liebe Grüße an Ihre Frau Mama.“

Sifkovits wusste, dass es an der Zeit war, seinen letzten Trumpf auszuspielen. Er stellte sein Sackerl auf dem Schreibtisch seines Vorgesetzten ab. Während er sprach, begann er darin zu kramen und diverse Plastikboxen herauszuholen.

„Von meiner Mutter soll ich Ihnen auch ganz liebe Grüße sagen. Sie hat mir heute in der Früh noch etwas für Sie mitgegeben. Hier haben wir Spinat, da geröstete Erdäpfel, hier drei Eier, die sollten Sie sich braten, hat sie gemeint, und als Nachspeise hat sie heute in der Früh einen Makarul ganz frisch gemacht.“

Taschner war sichtlich begeistert von all den Köstlichkeiten.

„Was ist denn ein Makarul?“, fragte er.

„Der Makarul ist ein traditioneller Stinatzer Strudel. Gibt es mit Nuss und Mohn. Gerade zur Osterzeit wird er sehr gern gebacken. Das Geheimnis ist wohl die saure Milch, die verwendet wird“, antwortete der Inspektor, so wie es ihm seine Mutter in aller Herrgottsfrühe aufgetragen hatte.

„Ich liebe Nussstrudel!“, freute sich der Oberst. „Also die Barbara ist ja wirklich ein Engel!“

„Ja, Sie haben recht, aber dieser Engel hat Angst, dass ihn jemand aus Stinatz belasten könnte wegen des Messers, vielleicht dieser Frena. Das macht meiner Mutter große Sorgen, sie kann kaum schlafen und sich nicht mehr auf ihre Arbeit konzentrieren.“ Der Tonlage des Inspektors wurde immer dramatischer.

„Ich verstehe, Herr Sifkovits. So habe ich das noch gar nicht gesehen.“

Sifkovits wusste, dass er nachlegen musste.

„Irgendjemand will meiner Mutter etwas Böses tun. Und das darf nicht sein“, insistierte er mit Vehemenz.

„Vollste Kooperation von meiner Seite bei diesem Fall, Herr Inspektor. Niemand darf meine Barbara beschuldigen und damit ungestraft davonkommen.“

Nach sehr langer Zeit schüttelten sich Taschner und Sifkovits wieder die Hände.

Bevor Sifkovits zurück nach Stinatz fuhr, legte er einen Zwischenstopp im Haus von Fredi Horvatits ein. Die Zahlenkombination hatte er sich in seinem Notizblock aufgeschrieben. 25687.

Die Tür surrte und ließ sich öffnen. Ganz langsam ging der Inspektor durch das Haus. Sein Blick blieb erneut bei dem Foto der Einweihungsparty hängen. Er trat ganz nahe heran, um jedes einzelne Detail erkennen zu können. Oftmals sind die relevanten Details nicht im Vordergrund zu finden. Sie kommen eher über die Maschekseite daher.

Sifkovits hatte keine Zweifel mehr. Zur Sicherheit inspizierte er nochmals den Sicherungskasten. Eindeutig. Auf dem Foto der Einweihungsparty hatte der FI-Stecker einen schwarzen Schalter, der aktuelle Schalter im Sicherungskasten hingegen war braun.

Ein Detail, in dem ein Teufel stecken sollte.

12.

Als Gruppeninspektor Sifkovits nach Stinatz zurückkehrte, saß die Kopftuchmafia vollzählig versammelt auf dem Bankerl. Die Stimmung war ausgelassen, einerseits weil es sich beim Tod von Fredi Horvatits nicht um einen Mord handelte, anderseits weil Maikits eine neue Frisur hatte. Er hatte am Hinterkopf eine gerade, nach oben verlaufende ausrasierte Stelle.

„Was ist denn da passiert?", fragte Sifkovits, als er zu der Gruppe stieß.

„Er wollte sich schön machen, für die Damenwelt", spottete Frau Resetarits.

Sifkovits betrachtete den kahl rasierten Strich.

„Und du glaubst, dass das gut ankommen wird?"

„Aber wo, Schiffi", antwortete Maikits „Das war ein Versehen. Ich habe der Frisörin gesagt, dass sie mir im Nacken die Haarkonturen ausrasieren soll …"

„Und dann?", wollte Sifkovits wissen.

„Dann habe ich niesen müssen. Und wenn ich niese, geht der Schädel nach vorne."

Maikits untermauerte seine Aussage mit einer rasanten Kopfbewegung. Großes Gelächter machte sich auf der Bank breit. Zugegeben, Maikits' neue Frisur hatte etwas Befremdliches und passte so überhaupt nicht nach Stinatz. Alexander van der Bellen in Lederkluft auf einer Harley Davidson würde denselben kuriosen Eindruck machen.

Maikits war seit Ewigkeiten Single und wollte seinen Typ etwas verändern, um für die Damenwelt interessanter zu wirken.

„Der Lupo hat mir den Tipp gegeben", führte er weiter aus. „Er hat gemeint: ‚Franz, du musst dein Aussehen ändern. Am besten fängst du mit der Frisur an, denn die kann man im Gegensatz zum Gesicht verändern.' Und dann passiert so was. Aber ich habe nie Glück, wenn ich Frauen beeindrucken möchte. In der Pubertät hat mein Vater einmal zu mir gesagt: ‚Bua, wenn du den Madln im Freibad imponieren möchtest, dann musst du dir einen Erdäpfel in die Badehose stecken …'"

„Ja, und leider hat er vergessen dazuzusagen, dass der Erdäpfel vorne reingehört und nicht hinten!", beendete Frau Resetarits den Satz.

Maikits stimmte Frau Resetarits zu.

„Was so ein kleiner Nieser alles bewirken kann", mischte sich Baba ein. „Verändert schaust auf alle Fälle aus."

„Er hat wenigstens nur einen Strich am Schädel", schaltete sich Frau Grandits dazu. „Wisst's, was dem Boxer Reini passiert ist? Der hat vor zwei Jahren einen Herzschrittmacher bekommen, aber die haben irgendeinen Fehler gemacht beim Einbauen. Der hat bis heute Angst zu niesen oder zu husten."

„Warum?", wollte die Gruppe wissen.

„Weil dann sein Garagentor von selber auf und zu geht", entgegnete Frau Grandits.

Erneut flammte Gelächter auf. Die Stimmung war sichtlich entspannt und die Schatten wegen Babas Messer hatten sich aufgelöst. Selbst vorbeikommende Autofahrer hielten kurz bei dem Bankerl, um Baba ein „Wir haben gewusst, dass du nichts damit zu tun hast" zuzurufen.

Sifkovits bat seinen alten Freund Maikits um ein heißes Wasser. Als Maikits aus seiner Greißlerei zurückkam, dampfte es aus dem Häferl. Der Inspektor ertränkte darin einen Teebeutel und blickte nachdenklich Richtung Himmel. Er war wolkenlos und die Sonne wurde mit jedem Tag stärker.

„Wer war's jetzt? Also in dem Fall?", riss Frau Resetarits den Inspektor aus seinem Tagtraum.

Sifkovits nahm einen kräftigen Schluck von seinem Käsepappeltee.

„Ich weiß es nicht, aber der Frena hat etwas damit zu tun", antwortete er der rüstigen alten Dame.

„Na, was habe ich gesagt?", stieß Frau Resetarits bestätigend hervor.

„Hilda, das hat damit zu tun, weil wir den Frena noch nicht bei uns im Dorf integriert haben. Wenn wir das zulassen würden, dann wäre der sicher ganz anders", suchte Frau Grandits eine Erklärung für die Eigenart von Frena.

Aufgebracht hielt Frau Resetarits sofort dagegen.

„Was heißt wir? Jetzt sind wir schuld, dass der ein Eigenbrötler ist?"

Frau Grandits versuchte dagegen zu argumentieren, kam aber nicht zu Wort.

„Jetzt werde ich dir einmal was sagen, Resl", holte Frau Resetarits aus. „Ein Tiroler kann sich da bei uns im Südburgenland gar nicht integrieren. Das wird nicht funktionieren. Weil, was heißt denn Integration? Für mich heißt das ‚etwas einfügen' also quasi dazustoppeln. Versteht's ihr mich?"

Die Gruppe schüttelte synchron die Köpfe. Die alte Dame stützte sich auf ihren Gehstock, um von der Bank aufzustehen. Sie stellte sich referierend vor die Gesellschaft.

„Schaut's! Wenn ich, zum Beispiel, ein Ikea-Kastl zusammenbaue und es bleiben mir danach … drei Schrauben über, aber das Kastl steht, dann heißt das: ‚Die drei Schrauben wollten sich nicht integrieren.' So, was mache ich jetzt mit den drei Schrauben? Entweder ich baue sie woanders ein, wo sie nicht hingehören, oder ich schmeiß sie gleich weg, weil sie eh ein Klumpat san."

Frau Resetarits blickte in vier verwirrte Gesichter. Höflichkeitshalber nickten sie zustimmend.

„Es muss auf alle Fälle jemand gewesen sein, der den Code für die Eingangstür kannte und der den Frena kannte", sagte Sifkovits in die Stille.

„Der Janisch", posaunte der verkehrte Irokese Maikits hinaus. „Der hat beim Frena die ganze Elektrik installiert und beim Fredi auch."

„Aber die Romana hat den Code sicher auch gewusst", stellte Baba in den Raum.

„Und was ist mit der Schwester?", fragte Frau Grandits.

„Die hat ein Alibi für die Tatzeit. Außerdem kein Motiv", klärte sie Sifkovits auf.

„Sag ich ja! Da Janisch hat ein Motiv!", wandte Maikits ein.

„Zu Janisch fahre ich heute eh noch", sagte Sifkovits.

„Aber zuerst wird gegessen", befahl Baba.

Sie verabschiedete sich von der Gruppe und machte ihrem Sohn mit einer unmissverständlichen Handbewegung klar, dass er mitzukommen hatte.

In der Küche angekommen, fragte Baba ihn, was denn Oberst Taschner gesagt hätte.

„Erstmals ganz liebe Grüße und ich darf weiter ermitteln."

Baba schlug mit ihrem Sohn ein.

„Was habe ich gesagt? Makarul funktioniert immer. Da werden selbst die härtesten Buben weich wie Butter", sagte sie voller Stolz.

Nach kurzer Zeit hatte Sifkovits einen vollen Teller mit Fisch, gerösteten Erdäpfeln und sechs Spiegeleiern vor sich stehen. Baba sprach ein Tischgebet, das mit den Worten „Komm, Herr Jesus, sei unser Gast und segne, was du uns bescheret hast. Amen" endete. Ein schnelles Kreuzzeichen, danach konnte das Essen beginnen.

Nachdem Sifkovits sein viertes Spiegelei gegessen hatte, sorgte seine Mutter für Nachschub mit drei weiteren.

„Mama, ich kann nicht mehr!"

„Schmeckt es dir nicht?", fragte sie vorwurfsvoll.

„Doch, aber wenn ich noch ein Ei esse, dann liege ich im Eiweiß-Delirium."

Er lehnte sich zurück und rieb sich den Bauch. Ein Blick auf die Küchenuhr zeigte ihm, dass es langsam Zeit wäre, aufzubrechen.

„Ich fahr noch zum Janisch. Bis zum Abendessen bin ich aber jedenfalls wieder da", versicherte er seiner Mutter. „Was gibt's denn?"

Einen Augenblick, nachdem er diese Frage ausgesprochen hatte, erkannte er die Sinnlosigkeit.

„Palatschinken."

Die Antwort kam alles andere als überraschend.

Das Elektrogeschäft Janisch lag in Ollersdorf, einem Nachbarort von Stinatz, direkt an der Bundestrasse, die eine Verbindung von Oberwart bis weit nach Güssing darstellte. Ollersdorf unterschied sich optisch kaum von Stinatz, aber der Ort war größer und es gab kein wirkliches Ortszentrum.

Ollersdorf war vor allem wegen dreier Dinge bekannt. Erstens gab es in dem Ort eine Heilquelle direkt vor der Gnadenkapelle. Der Legende zufolge soll die Muttergottes dort vor allem für Kopf, Augen, Nerven, Zunge, Zähne, Rachenhöhle, Kehlkopf, Schilddrüse und Gehirn heilsam sein.

Der Spruch „Du bist so deppert, nimm noch einen Schluck!“ war daher nicht unüblich. Auch die darauffolgende Replik: „Wenn i so weitersauf, bin ich bald ein Nobelpreisträger“ konnte man öfter vernehmen.

Zweitens wegen eines großen Sohns der Gemeinde. Ewald Pfleger, der mit seiner Band „OPUS“ einen Welthit aus Ollersdorf in die Welt hinaustrug.

Und drittens wegen des Elektrogeschäfts Janisch.

Es war ein typisches Elektrogeschäft, wie man sie häufig in einer ländlichen Umgebung findet. Der Schauraum war nicht sonderlich liebevoll eingerichtet. Unzählige Kartons, Kisten und verschiedenste Kabel lagen herum. In der Auslage waren in Karton verpackte Haushaltsgeräte platziert. Sie standen dort schon sehr lange, denn die Verpackungen waren durch die Sonneneinstrahlung mit der Zeit schon verblasst.

Es war eines jener Geschäfte, in denen man nicht schaut, sondern fragt, denn die wahren Schätze versteckten sich hinten im Lager, dessen Tür immer offen stand. In diesen Läden punktete man nicht mit der Optik, sondern mit Kompetenz. Selbst das Lager wirkte chaotisch, doch die Besitzer fanden mit einem Handgriff, was die Kundschaft wollte.

Sifkovits dachte, dass wir in einer Zeit lebten, in der die Wirkung nach außen wichtiger war als die eigentliche Begabung. Eine Unzahl von Geschäften präsentierte sich wie aus dem Ei gepellt, doch kaum hatte man eine Frage, versteckten sich die Mitarbeiter hinter dem Wasserspender oder gingen eine rauchen. Im Elektrogeschäft Janisch war das ganz anders. Natürlich hatte dieses Geschäft eine kleine Glocke über der Tür hängen.

„Bitte, was kann ich für Sie tun?", fragte eine freundliche Dame, die hinter einem Schreibtisch saß.

Der Schreibtisch war übersät mit Rechnungen und diversen Schriftstücken. Am Tisch stand ein Foto, das eine junge Frau zeigte. Die Tochter von Janisch, dachte sich der Inspektor. Über der Tastatur des Computers war ein Plastikschutz, der dreckig und verschmiert war. Neben dem Kalender der Raika Ollersdorf hing ein gerahmter Spruch: „Wir haben alles, was Sie brauchen. Was wir nicht haben, das brauchen Sie nicht!"

„Grüß Gott. Mein Name ist Gruppeninspektor Sifkovits vom LKA Eisenstadt. Kann ich Herrn Janisch sprechen?"

Er kramte nach seinem Ausweis, während er seine Begrüßungsformel aufsagte.

„Fritz!", rief die Frau Richtung Lager. Keine Reaktion. „FRITZ!"

„Wos is?", war aus den Tiefen des Lagers zu hören.

„Polizei!"

„Wos?", schrie die Stimme zurück.

„POLIZEI!"

Die Stimme der Frau überschlug sich. Kurz darauf war ein lauter Knall zu hören. Anscheinend war im Lager etwas heruntergefallen.

Ein bulliger, kleiner Mann Ende fünfzig in blauer Arbeitsmontur trat durch die Tür des Lagers und kam in den Schauraum.

„Wer hat frei?", fragte er die Frau. Sie deutete mit der Hand auf den zerknitterten Mann mit der Ballonmütze.

„Polizei", sagte sie.

„Bitte!“, sagte Fritz Janisch. Unter seiner blauen Montur versteckte sich ein tadelloser Biermuskel.

„Herr Janisch? …“

„Ja. Sie wissen doch, dass ich der Janisch bin“, blaffte er schroff. „Ich kenne Ihre Mutter sehr gut.“ Er deutete auf einen Osterstrauch, an dem Babas Eier hingen.

„Ich untersuche den Tod von Fredi Horvatits …“, sagte der Inspektor.

„Gut, dass er hin is“, unterbrach ihn Janisch.

„Hatten Sie Probleme mit ihm?“

„Wer nicht?“, konterte Janisch mit einer Gegenfrage.

Der Inspektor zeigte auf das Foto am Schreibtisch. „Ist es wegen Ihrer Tochter?“

„Nicht nur. Ich habe ihr hundertmal gesagt, dass sie die Finger von ihm lassen soll. Wahrscheinlich hat er sie beeindruckt mit seinem Geld, mit seiner Proloschüssel, die eh auf Leasing lief. Er hat Leute manipulieren können, sogar mich. Ich habe ihm einmal vertraut und ihm Geld gegeben. Das war der größte Fehler meines Lebens.“

Sifkovits wollte wissen, worum es in dem Telefonat mit Fredi Horvatits am Vormittag vor seinem Tod ging.

„Er hat mich gebeten, dass ich mir seinen Türöffner im Wellnessbereich anschaue.“

„Und was haben Sie darauf geantwortet?“, fragte Sifkovits.

„Na, sicher ned! Zuerst gibst mir mein Geld und lässt meine Tochter in Ruhe. Das muss man sich einmal vorstellen, was der für eine Frechheit besessen hat, mich nach all dem, was passiert ist, anzurufen.“

Sifkovits schrieb eifrig ein paar Notizen auf seinen Block.

„Sie haben einmal eine Drohung gegen ihn ausgestoßen, wegen Ihrer Tochter. Hatten Sie Beweise für Ihre Vermutung?“

„Ich brauch keine Beweise. Ich brauch nur eins und eins zusammenzuzählen", sagte er harsch.

„Die elektronische Schließanlage haben Sie gemacht …"

„Ja, leider", fuhr Janisch dazwischen.

„Demnach müssten Sie auch den Zugangscode für die Tür haben."

„Ja klar. Aber auswendig weiß ich ihn nicht mehr. Ich habe ihm das damals eingestellt und ihm gezeigt, wie er den Code ändern kann. Ob er das gemacht hat, weiß ich nicht."

Er wandte sich an die Frau am Schreibtisch mit der Bitte, die Unterlagen von Horvatits rauszusuchen. Sifkovits war überzeugt, dass dies einige Zeit dauern würde. Bei dem Chaos … doch weit gefehlt. Mit ein paar Handgriffen zog die Frau einen Ordner aus einem Blechspind. Fritz Janisch nahm ihn an sich und blätterte darin.

„Da haben wir's", sagte er, „25687."

Horvatits hatte den ursprünglichen Code also nicht verändert.

„Beim Frena haben Sie auch die ganze Elektrik installiert, oder?", wollte der Inspektor noch bestätigt bekommen.

„Wenn Sie es eh wissen, wieso fragen Sie mich danach? Die ganze Hütte habe ich elektrifiziert. Und das Panoramaklo auch. A sehr gute Arbeit von mir", lobte sich Janisch.

„Was für einen Eindruck hat der Herr Frena auf Sie gemacht?"

„Ein Tiroler halt. Er hat nicht viel mit mir geredet, und wenn, ging es um die Hütte. Privat hat er mir gar nichts erzählt. Er war auch die meiste Zeit im Wald, wenn ich in der Hütte gearbeitet habe", antwortete Janisch.

„Hat er jemals Besuch bekommen?", wollte der Inspektor wissen.

„Als ich dort gearbeitet habe, nie. Hin und wieder sind ein paar Wanderer vorbeikommen."

Sifkovits bedankte sich für die Auskünfte und entschuldigte sich für die Störung am Karfreitag. Das kleine Glöcklein an der Tür läutete bereits, da drehte sich der Inspektor noch einmal um.

„Eine Frage noch, Herr Janisch", rief er in Richtung Lager.

„Wos?", sagte Janisch schon merklich genervt.

„Wo waren Sie vor zwei Tagen um etwa 12.30 Uhr?"

„Bin i jetzt verdächtig, oder wie?" In Janisch Stimme lag Zorn.

„Nur für meinen Bericht", versuchte ihn der Inspektor zu beruhigen.

„Dann schreiben S' rein in Ihren Scheißbericht: Am Vormittag habe ich bei Ihrer Mutter Eier gekauft und danach bin ich zu meinem Bruder nach Rechnitz gefahren. Dort war ich bis etwa 14.00 Uhr. Anschießend bin ich wieder hierher."

Seine Frau bestätigte Janischs Rückkehr um diese Zeit.

„Reicht das?", fragte er entrüstet.

Sifkovits nickte und ging. Auf dem Weg zu seinem Auto passierte er den Pickup von Fritz Janisch. Auf der Ladefläche lag ein Haufen Elektroabfälle. Die Macht der Gewohnheit, dachte Sifkovits, als er durch die Windschutzscheibe in den Innenraum blickte. Dort entdeckte Sifkovits einen Hinweis, der Janischs Alibi zum Einstürzen brachte.

Er hatte ganz eindeutig gelogen.

13.

Wir sitzen bei ihm in der Hütte. Er hat Feuer gemacht. Ich erzähle ihm, dass ich Angst habe. Der Inspektor stellt eigenartige Fragen.

Ich werde das Gefühl nicht los, dass er mich verdächtigt. „Warum sollte er das tun?“, fragt er mich. „Es gibt überhaupt keinen Beweis dafür.“

Ich wusste nicht, dass er schon tot war. Hätte ich sonst anders reagiert? Darauf will mir keine Antwort einfallen. Eines Tages wird alles gut sein, das ist meine Hoffnung. Das viele Nachdenken macht mich unglücklich. Wie Sand in meinen Händen zerrinnt meine Kraft. Er sagt, dass er mich unterstützen wird. Ich soll mir keine Sorgen machen. Er ist stark genug, um einen Krieg zu verhindern.

Aus den Trümmern meiner Verzweiflung baue ich mir meine Zukunft. Es wird ein langer, harter Weg werden. Ich bin bereit, ihn zu gehen. Er wird mich auf dem Weg begleiten, wird mir zu trinken geben, wenn ich durstig bin. Wenn ich ans Ziel gelangen sollte, werde ich mich konzentrieren. Ich werde so lange in den Himmel blicken, bis die Sterne schmelzen. Noch klebt die Schuld an meinem Körper. Ich habe versucht, sie mit Seife zu abzuwaschen. Sinnlos. Nichts ist so schmutzig wie die Schuld der Menschen.

Obwohl mein Körper frei geboren wurde, liegt er nun in Ketten. Schwer lasten diese auf meinen Schultern. Zwingen mich in die Knie, als solle ich beim Allmächtigen um Vergebung bitten. Es wird nichts bringen. Ich habe so entschieden. Ich bin das Opfer meiner Tat und meiner Wahrheit. Mark Twain hat einmal gesagt: „Wenn du einen verhungernden Hund aufliest und machst ihn satt, dann wird er dich nicht beißen. Das ist der Unterschied zwischen Hund und Mensch." Ich weiß allerdings nicht, ob ich satt bin oder beißen soll.

Plötzlich wird er unruhig. „Geh ins Schlafzimmer", befiehlt er mir.

Ich schaue durch das Fenster und sehe einen Mann, der die Böschung hinunterfällt. Er muss gleichzeitig bei einer großen Wurzel eingehakt und sich bei einem herausstehenden Ast den Kopf angeschlagen haben.

Ich höre, wie er näher kommt. Leise verschwinde ich im Schlafzimmer. Als er die Hütte betritt, halte ich meinen Atem an. Mein Herz schlägt so laut, dass ich fürchte, er könnte es durch die geschlossene Türe hören.

14.

„Was willst denn du schon wieder da?", fragte Frena den Inspektor.

„Nur noch eine Kleinigkeit für meinen Bericht, Herr Frena, ich störe Sie nicht lange, versprochen", antwortete Sifkovits.

„Kimm eini", kommandierte ihn Frena in die Hütte. „Da, hock di hin!"

Der Inspektor befolgte die Anweisungen seines Gastgebers. Die Oberarme des Tirolers waren noch zerstochener als beim letzten Besuch.

„Also, was gibt's?", fragte Frena streng.

„Ich will Ihnen etwas zeigen, Herr Frena", sagte der Inspektor, während er in seiner Westentasche kramte. Er war selbst ganz erstaunt, dass er so schnell gefunden hatte, wonach er suchte. Es war ein kleines Plastiksackerl, in dem sich ein kleiner Kieselstein befand. Er schob das Sackerl in Frenas Richtung.

„Schauen Sie. Diesen roten Kieselstein haben wir am Tatort in der Nähe der Leiche gefunden."

„Ja? Und? Was hat das mit mir zu tun?", fragte Frena frostig.

Sifkovits kramte erneut in seinen Taschen. Diesmal war seine Suche nicht sofort von Erfolg gekrönt. Frena wurde ungeduldig.

„Wird das heute noch was? Ich habe Wichtigeres zu tun, als mir Ihre dilettantische Zaubershow anzusehen."

Endlich wurde der Inspektor fündig. Er zog ein weiteres Plastiksackerl hervor, in dem ein gleicher roter Kieselstein aufbewahrt war.

„Und diesen roten Kieselstein habe ich am Weg vor Ihrer Toilette gefunden“, sagte Sifkovits. Auch dieses Sackerl ließ er zu Frena über den Tisch gleiten.

„Na und?“, konterte Frena. „Rote Kieselsteine gibt es unendlich viele auf der Welt.“

„Das stimmt, Herr Frena. Nur in diesem Fall handelt es sich um ‚Fulpmer Eisenkies‘, einen ganz speziellen Zierkies, der in unserer Gegend nicht vorkommt, sondern vorwiegend im Stubaital, einem Zentrum für eisenverarbeitende Industrie. Und soweit ich mich erinnern kann …“

Sifkovits blätterte in seinem Notizblock.

„Gleich … äh … da haben wir's … ja, genau … also, soweit ich mich erinnern kann, sind Sie aus Fulpmes, Herr Frena.“

Sifkovits bemerkte, dass Frenas rechte Hand leicht zu zittern begann. Er deckte sie mit der linken zu.

„Wie kommt nun ein Kieselstein aus Fulpmes auf einen Tatort im Südburgenland? Das ist es, was mich beschäftigt, Herr Frena.“

Der Mann aus Tirol wurde immer unruhiger. Selbst das Abdecken der rechten Hand konnte sein Zittern nicht mehr verbergen. Kleine Schweißperlen standen ihm auf der Stirn und sein Gesicht wurde merklich röter.

„Der Fall ist sehr knifflig, ich kann mir noch immer keinen exakten Reim darauf machen, aber was ich glaube, Herr Frena, ist, dass Sie etwas mit der Sache zu tun haben …“

Sifkovits konnte seinen Satz nicht mehr beenden, da wurde er durch ein lautes „ICH WAR'S!“ von Frena unterbrochen. Eine Zeit lang blickten sich der Inspektor und Frena in die Augen. Man konnte in der Stille das Knistern aus dem Ofen hören.

„Warum haben Sie es getan?“, fragte Sifkovits.

„Weil er mich erpresst hat. Ich wollte nicht wieder ins Gefängnis."

„Also haben Sie nach wie vor Verbindungen zu Drogen? Bei meinem letzten Besuch haben Sie mir versichert, dass Sie davon weg seien", hakte Sifkovits nach.

„Ich bin auch weg. Aber mir hätte niemand geglaubt", versuchte sich Frena zu erklären.

„Also, Sie haben jemanden umgebracht, von dem Sie nicht wirklich etwas zu befürchten hatten. Klingt das für Sie logisch, Herr Frena?"

Der Tiroler gab keine Antwort auf diese Frage. Ein leichtes Schulterzucken war das Einzige, was er dem Inspektor schenkte. Sifkovits atmete tief durch und befragte Frena weiter.

„Also gut. Wie haben Sie es gemacht und wann?"

„Naja, ich bin hin und habe ihn erstochen", stammelte er.

„Zu Fuß?"

„Genau, zu Fuß", antwortete Frena.

„Wie sind Sie reingekommen?", bohrte der Inspektor nach.

„Ich habe geläutet und der Fredi hat mir die Tür geöffnet, dann bin ich in den Raum, wo die Sauna steht, und habe ihn erstochen."

Nun zitterten beide Hände bei dem Mann aus Tirol.

„Das kann nicht sein", klärte ihn der Inspektor auf.

„Wieso?"

„Weil Sie in Ihrer Theorie zwei Denkfehler haben. Fredi Horvatits konnte Ihnen aus zwei Gründen nicht die Tür öffnen. Erstens ist sein Türöffner im Wellnessbereich defekt und zweitens war er bereits tot. Wie sollte Ihnen ein Toter die Tür öffnen?"

Frena versuchte verzweifelt, seinen Blick von dem Inspektor abzuwenden.

„Herr Frena, wen decken Sie?", fragte Sifkovits mit einem eindringlichen Blick. „Sie haben Fredi Horvatits kein Messer in den Hals gerammt, aber Sie wissen, wer es war. Es muss jemand gewesen sein, der Ihnen sehr nahesteht."

„Wie kommen Sie darauf?", wollte Frena wissen.

„Weil Sie für denjenigen ins Gefängnis gegangen wären", klärte ihn der Inspektor auf.

„I woas nix und i sog nix mehr. Oder gibt's irgendeinen Beweis?"

Der Inspektor schüttelte den Kopf.

„Dann geh bitte und los mi in Ruah!"

Nachdem der Inspektor aufgestanden war, meinte er, ein Piepen zu hören. Es kam aus dem Schlafzimmer. Kurz darauf war es vorbei.

„Was war das?", fragte er Frena.

„Ich hab nix gehört", antwortete er kurz.

Sifkovits verabschiedete sich von Frena und verließ die Hütte.

Als er den Motor seines grünen Peugeot startete, fiel ihm ein, woran ihn dieses Piepen erinnert hatte und wo er es schon einmal gehört hatte. Langsam ergab die Sache einen Sinn, dachte er und fuhr davon. Unterwegs wählte er die Nummer von Kollegin Gruber.

„Komm raus, er ist weg", schrie Frena in Richtung Schlafzimmer. Langsam trat die Person heraus. Sie war ähnlich aufgewühlt wie der Hüttenbesitzer.

„Ich habe Todesängste gelitten", sagte die Person.

„Er hat nichts in der Hand. Den Kieselstein kann jeder in das Haus getragen haben. Es gibt so viele Wanderer in der Gegend", versuchte Frena die Person zu beruhigen.

„Vielleicht sollte ich in der nächsten Zeit nicht mehr hierherkommen!"

„Wieso?", fragte Frena beinahe aggressiv.

„Was ist, wenn er deine Hütte überwachen oder beschatten lässt?"

„Geh, wir sind doch nicht in Amerika. Es wird nichts passieren."

Frena sollte sich irren.

„Warum hast du das gemacht?", fragte die Person. „Warum hast du für mich gelogen?"

„Weil ich dich liebe", gab er der Person als Antwort. Danach küssten sich die beiden leidenschaftlich und verschwanden im Schlafzimmer. Was sie dadurch nicht bemerkten, war eine uniformierte Kollegin, die etwa eine halbe Stunde später von einem sicheren Versteck aus die Hütte von Frena beobachtete.

Es war bereits nach 16.00 Uhr, als Sifkovits schließlich beim Haus seiner Mutter ankam. Das Bankerl war leer. Er ging durch die Einfahrt und danach in die Küche. Seine Mutter war nicht da.

„Mama", rief er zweimal. Keine Antwort.

Er verließ die Küche und marschierte durch den vollgestopften Innenhof. Bald würde alles wieder richtig schön blühen. Baba hatte bereits alles für die Gartensaison vorbereitet.

„Mama", rief er erneut.

„Ja, Spatzl, hinten in der Hoizlog", rief sie zurück.

Die „Hoizlog" war eine Art Schuppen am hinteren Ende des Innenhofs, außer hoch aufgestapeltem Brennholz, einer verrosteten Vespa von Sifkovits' verstorbenem Papa und diversem Klumpat war dort nicht viel zu finden. Ein paar alte landwirtschaftliche Geräte, die noch von Sifkovits' Großvater stammten, morschten vor sich hin.

Weiters hatte Baba ihre Tiefkühltruhe im hinteren Eck der Hoizlog stehen. Sie war immer randvoll mit Fleisch und Eis. Als Kind liebte es Sifkovits, heimlich etwas Eis aus den Boxen zu stibitzen. Als der Inspektor in der Hoizlog ankam, hing seine Mutter halb über der Tiefkühltruhe.

„Mama, das Tor ist sperrangelweit offen, jeder kann reinkommen und du würdest es nicht einmal bemerken. Was machst denn da bei der Tiefkühltruhe? Ich dachte, es gibt Marmeladepalatschinken", rügte er seine Mutter, die keine Antwort darauf gab. Er beugte sich über die Truhe. Insgeheim rechnete er damit, dass es Palatschinken mit Eis und Schokoladensauce geben würde. Als er jedoch sah, was seine Mutter tat, staunte er nicht schlecht.

„Sag einmal, Mama, was machst du da? Holst du Geld aus der Tiefkühltruhe?", fragte er verdutzt.

Baba zählte einige Hundert-Euro-Scheine und schlichtete sie anschließend schön geordnet in eine Halbliter-Eisbox. Sifkovits griff sich an den Kopf.

„Geld war drinnen!", sagte er zu sich selbst.

„Ich mache das schon seit Jahren, Spatzl. Ist dir das noch nie aufgefallen?"

Sifkovits verneinte. Als Kind hatte er jede Eisbox geöffnet, aber leider nie Geld darin gefunden.

„Du weißt ja, Spatzl", führte Baba weiter aus. „Bei der Lukas Sisi haben's einmal eingebrochen. Bargeld haben's ihr gestohlen, weil die Urschl das Geld in der Kaffeedose gelagert hatte. Der Kriminalbeamte hat dann zu ihr gesagt, sie solle ihr Geld dort aufheben, wo ein Einbrecher garantiert nicht nachschaut. Welcher Einbrecher kontrolliert im Tiefkühlfach die Eisboxen? Dem Geld tut das nix. Musst die Box natürlich vorher schön auswaschen, sonst riechen die Hunderter nach Malaga oder Pistazie. Seitdem mache ich das auch. Das Geld vom Kratzen ist da drinnen. Im Backrohr kann man auch Wertgegenstände lagern, da schaut in der Regel auch keiner nach. Da muss man aber vorsichtig sein. Mir ist einmal ein Malheur passiert. Ich heize den Ofen ein und denke mir, komisch, es riecht so nach verbrannter Haut, dabei ist der Schweinsbraten noch gar nicht im Ofen, dann hat's schon geraucht. Na, habe ich halt die Uhr verbrennt. Kann passieren, war eh ein Graffl."

Sifkovits war wie vom Blitz getroffen.

„Mama, du bist genial!", rief er lauthals.

„Danke, Spatzl, ich leg keinen Wert darauf, aber freu mich trotzdem, wenn's wer erkennt."

Baba freute sich über das Kompliment. Sifkovits' Handy läutete. Es war seine Kollegin Gruber.

„Bitte, Frau Gruber?", sagte er neugierig ins Telefon.

„Das Alibi vom Janisch war, wie Sie vermutet hatten, falsch."

„Danke. Ich muss heute eh noch einmal zu ihm. Die Sache mit dem braunen FI-Schalter will mir nicht aus dem Kopf, aber Entschuldigung, ich habe Sie unterbrochen, Frau Kollegin. Was haben wir noch?", fragte er.

„Was den Frena betrifft, kann ich nur sagen: Bingo!"

Die Kollegin erzählte, was sie beobachtet hatte. Sifkovits klemmte sein Handy zwischen Ohr und Schulter ein und suchte nach seinem Notizbuch. Er schrieb das Wort „Süßigkeiten" auf die karierten Seiten.

„Und Sie hatten recht", führte Frau Gruber weiter aus.

„Frena lebt nicht allein. Nach etwa einer Stunde verließ eine Frau seine Hütte."

Sifkovits fragte nach dem Aussehen der Dame. Nach kurzer, genauer Beschreibung seiner Kollegin wusste er, um wen es sich handelte.

Er hatte sie schon einmal befragt. Ihr Nachname war gleichbedeutend mit einer hohen Position in der Hierarchie der katholischen Kirche.

Bischof.

15.

„Was machen denn Sie schon wieder da? Wir sperren gleich zu und gehen ins Osterwochenende!“ Fritz Janisch hatte offenkundig keine Freude über den abermaligen Besuch des Inspektors.

„Es tut mir leid, nur noch eine kleine Sache für meinen Bericht, Herr Janisch. Würden Sie mich dazu auf den Posten nach Stegersbach begleiten?“, fragte Sifkovits

„Was ist denn los, Fritz?“, sagte die Dame, die am Nachmittag hinter dem Schreibtisch saß.

„Nix, Gerti. Alles in Ordnung. Der Inspektor möchte, dass ich ihn auf den Posten begleite“, antwortete Janisch.

„Darf ich wissen, warum?“, richtete Gerti die Frage an den Inspektor.

„Es geht nur um eine Identifizierung. Je früher wir wegkommen, desto schneller sind Sie in Ihrem Osterwochenende.“

Fritz Janisch deutete Gerti, dass es in Ordnung sei und dass sie sich keine Sorgen machen solle. Es stellte sich heraus, dass Gerti die Frau von Fritz Janisch war.

„Ich bringe Ihren Mann bald wieder zurück, versprochen.“ Danach verließen die beiden das Geschäftslokal.

Auf der Fahrt wurde in dem kleinen Peugeot kaum ein Wort gesprochen. Janisch wunderte sich über die Route, die der Inspektor fuhr. Bei einer Kreuzung bog der Wagen nach links ab.

„Nach Stegersbach geht's aber in die andere Richtung!“, sagte Janisch.

Sifkovits reagierte nicht auf seinen Beifahrer.

„Was ist das für eine Identifizierung?“

Wieder keine Antwort von Sifkovits.

„Wir fahren nicht nach Stegersbach, stimmt's?“

Fritz Janisch sollte mit seiner Annahme recht behalten.

„Was wollen Sie denn in Wörterberg mit mir?“

Sifkovits steuerte seinen Wagen in die kleine Nebenstraße, die zu Fredi Horvatits' Haus führte.

„Was machen wir denn beim Horvatits?“, fragte Janisch schon leicht genervt.

Als der Wagen anhielt, bat der Inspektor Fritz Janisch, ihm ins Haus zu folgen. Drinnen angekommen nahm Sifkovits schnurstracks den Weg in den Wellnessbereich. Direkt vor dem Solarium blieb er stehen.

„Können Sie mir jetzt endlich sagen, was das soll, Herr Sifkovits?“, zischte Janisch.

„Ich brauche Ihre Hilfe, Herr Janisch.“

„Ich muss niemanden identifizieren, stimmt's?“, fragte er.

Sifkovits schüttelte den Kopf. Er zeigte mit einer Hand auf das Solarium.

„Dieses Solarium bereitet mir Kopfzerbrechen, seit ich es zum ersten Mal gesehen habe. Unter dem linken hinteren Fuß habe ich ein kleines gefaltetes Stück aus Karton gefunden.“

„Wahrscheinlich ist es schief gestanden“, analysierte Janisch trocken.

„Nein, das ist ja mein Problem. Es steht ohne Karton gerade. Warum stellt jemand sein Solarium absichtlich in eine schräge Position?“

Janisch konnte sich ebenso wenig einen Reim darauf machen.

„Da fragen Sie den Falschen, Herr Inspektor, und überhaupt, was habe ich damit zu tun?", wehrte der Elektriker die Frage ab.

„Sie haben dem Herrn Horvatits das Solarium verkauft, oder?"

„Ja. Vor zehn Jahren. Im Zuge seines Hausbaus. Die Modelle hab ich damals gehabt", gab Janisch zu.

„Was heißt gehabt? Handeln Sie nicht mehr mit dieser Marke?"

„Nein. Die gibt es nicht mehr. Die Produktion wurde eingestellt."

Sifkovits war überrascht über diese Aussage. Was denn der Grund für die Einstellung der Marke gewesen sei, wollte er von Janisch wissen.

„Es gab bei diesem Modell ein kleines Problem."

Janisch trat näher an das Solarium heran, um es dem Inspektor besser erklären zu können.

„Schauen Sie, Herr Inspektor, die Liegefläche endet bei einem Dichtungsgummi. Der bildet den Abschluss. Das Problem daran war, dass sich unter dem Dichtungsgummi Metall befindet. Im Inneren des Solariums verläuft ein spannungsführendes Kabel, das aber aufgrund einer schlampigen Konstruktion im Laufe der Zeit brüchig wurde. Wenn jetzt dieses Kabel im Innenraum auf Metall trifft und Schweiß oder Flüssigkeit mit dem Metall unter dem Dichtungsgummi in Berührung kommt, weil der Gummi porös ist oder Risse hat, dann kommt es zu einem Körper- bzw. Erdschluss und man bekommt einen Stromschlag. Nur kurz, weil in der Regel dann sofort der FI-Schalter fliegt. Ganz vereinfacht erklärt."

Sifkovits kratzte sich unter seiner Kappe.

„Und wenn der FI-Schalter nicht fliegt?", fragte der Inspektor naiv.

„Dann geht so lange Strom durch Ihren Körper, bis das Kabel im Innenraum durchgebrannt ist“, antwortete Janisch.

„Und dann?“

„Ist man wahrscheinlich tot, Herr Inspektor.“

In Sifkovits' Kopf begannen sich einige Puzzleteile zusammenzusetzen.

„Kann so etwas ohne Manipulation passieren?“, wollte er von Janisch wissen.

„Ein Stromunfall ist immer die Summe von ganz vielen unglücklichen Zufällen. Also, es kann passieren. Die Wahrscheinlichkeit, einen Lottosechser zu haben, ist aber größer, noch dazu bei einem so neuen Haus mit moderner Elektrik. Das Heimtückische an Stromunfällen ist die Tatsache, dass man sie auf den ersten Blick nicht erkennt. Die Haare, die einem zu Berge stehen, und schwarze Gesichter, das sind Erfindungen aus Hollywood. Der Strom tritt an einer Stelle in den Körper ein und hinterlässt nur mikroskopisch kleine Strommarken. Eine kleine bräunliche Verbrennung, mehr ist es nicht.“

Der Inspektor war mehr als dankbar über die Ausführungen von Janisch, obwohl dieser noch immer nicht so recht wusste, warum er hier war.

„Ich muss Ihnen noch was zeigen, Herr Janisch. Kommen Sie bitte mit.“

Sifkovits führte den Elektriker zum Sicherungskasten und weihte ihn in seine Entdeckung ein, was die Farbe des FI-Schalters betraf. Janisch begutachtete den Schalter eine Zeit lang.

„Was sagen Sie dazu?“, fragte Sifkovits

„Naja, es ist nicht ungewöhnlich, seinen FI-Schalter zu tauschen. Man sollte ihn eigentlich alle zwei Jahre überprüfen, aber das machen die wenigsten. Was mich irritiert, ist die Tatsache, dass ich diesen Schalter nicht getauscht habe und dass er für mich schon etwas älter wirkt."

Janisch griff sich einen Schraubenzieher aus seiner blauen Arbeitsmontur. Nach kurzer Zeit hatte er den Schutzschalter aus dem Kasten entfernt.

„Der Schalter ist kaputt", sagte er und reichte ihn dem Inspektor.

Sifkovits drehte ihn ein paarmal in seinen Händen und sah ihn prüfend an.

„Was ist das?", fragte er Janisch. Auf der Rückseite des Steckers war in der linken oberen Ecke ein kleines Kreuz zu erkennen.

„Sieht aus wie ein Kreuz." Janisch konnte sich das nicht erklären.

Der Inspektor strich leicht mit dem Finger darüber.

„Rau, als hätte es jemand reingeritzt", stellte er fest.

„Kann sein, also serienmäßig ist das sicher nicht", erklärte Janisch.

„Warum macht jemand so was?"

„Keine Ahnung, Herr Inspektor … am ehesten noch, um das Teil als kaputt zu markieren", versuchte Janisch eine Erklärung zu finden.

„Zu welchem Zweck?", bohrte Sifkovits nach.

„Naja, in einem Firmenauto sammelt sich mit der Zeit ein Haufen Elektromüll. Ich kenne das von mir, und damit ich bei einer Kundschaft nichts Falsches einbaue, markiere ich das Teil. Oder wenn ich improvisieren muss, dann wäre es auch gut, zu wissen, welches Teil funktioniert und welches nicht. Aus defekten Elektroteilen kann man zudem noch eventuell ein paar Ersatzteile rausholen. Ich kennzeichne auch manchmal meine defekten Teile, allerdings mit einem roten Marker."

Der Inspektor goss Wasser in den Wasserkocher, der in der Küche stand. Er griff sich ein Häferl aus einem Küchenkastl.

„Wollen Sie auch einen Käsepappeltee?", fragte er Janisch.

„Warum nicht, is eh schon wurscht."

Nachdem der Inspektor sein Zubereitungsritual zelebriert hatte, setzte er sich auf einen der Barhocker in der Küche. Janisch tat es ihm gleich. Beim ersten Schluck verzog der bullige Mann das Gesicht.

„Und?", fragte Sifkovits

„Ja … anders." Höflichkeitshalber trank er noch einen Schluck.

„Also wenn ich das richtig verstehe, Herr Janisch, um das alles so zu präparieren, wie Sie mir das vorher erklärt haben, gehe ich folgendermaßen vor: Ich schiebe einen Karton unter einen Fuß, damit das Solarium etwas schräger steht und dadurch der Schweiß schneller unter die Gummidichtung gelangen kann und auf das Metall trifft. Dann manipuliere ich das spannungsführende Kabel, sodass es nach kurzer Zeit einen Leiter berührt, und tausche noch den intakten FI-Schalter gegen einen kaputten aus. Für all das muss ich Elektriker sein oder zumindest sattelfest in der Materie, oder?"

Janisch nickte, während er den letzten Schluck Käsepappeltee hinunterwürgte.

„Ja. Als Laie wäre das undenkbar. Man muss mindestens Elektriker sein." Plötzlich riss Janisch seine Augen weit auf. „Aber ich habe nichts damit zu tun, Herr Inspektor! Noch dazu könnte es ein Unfall gewesen sein und wir wissen ja gar nicht, ob sich das spannungsführende Kabel wirklich gelöst hat", rief er.

Sifkovits blickte auf die Taschen der blauen Montur. Sie waren voll mit diversen Werkzeugen, auf die der Inspektor deutete.

„Reicht das?“, fragte er und zog ein breites Grinsen auf.

Etwa zwanzig Minuten später blickten die beiden ins Innere des Solariums. Janisch hatte inzwischen einige Anrufe seiner Frau auf dem Handy, Sifkovits von seiner Mutter. Der Elektriker griff nach einem roten Kabel.

„Kein Zweifel. Das war ein Erdschluss.“

Als er sich erhob, stand der Inspektor direkt vor ihm.

„Ich war's nicht!“, beteuerte er.

„Ich weiß, Herr Janisch, Sie haben ein Alibi für die Tatzeit. Aber Sie waren nicht bei Ihrem Bruder, sondern in Hartberg. Das ist von Rechnitz doch ein bissl entfernt“, sagte Sifkovits.

„Woher wissen Sie das?“, fragte Janisch ganz erstaunt.

Sifkovits durchwühlte seine Westentasche und holte zwei Parktickets hervor.

„Die habe ich in Ihrem Auto gefunden. Auf dem Armaturenbrett. Es ist voll mit Parkscheinen. Hier ist einer von 10.00 bis 12.00 Uhr und hier noch einer von 12.15 bis 13.15 Uhr. Und auf dem Parkschein steht auch der Straßenname: Dr. Andreas-Ebner-Straße 5. Dort befindet sich ein Casino. Sie haben in dieser Zeit 2370 Euro beim Roulette verloren.“

Janisch senkte seinen Kopf, es war ihm sichtlich peinlich.

„Das ist mein großes Problem, ich komme nicht weg von der depperten Spielerei. Danke, dass Sie das nicht vor meiner Frau erwähnt haben“, sagte er demütig.

„Sie waren offiziell in Rechnitz, aber inoffiziell rate ich Ihnen, schon Ihrer Frau und Ihrer Tochter zuliebe, damit aufzuhören. Früher oder später kommen sie dahinter. Glauben Sie mir, ich habe das tausendmal gesehen. Sie wollen doch nicht, dass ein Gerichtsvollzieher in Gegenwart Ihrer Familie Ihr Geschäft beschlagnahmt."

Der bullige Mann bedankte sich nochmals beim Inspektor und umarmte ihn.

„Wie lange braucht man, um dieses Solarium so zu manipulieren?"

„Wenn man es richtig macht, schon eine Weile", antwortete Janisch.

Während Fredi Horvatits auf dem Fahrrad saß und seine Runde drehte, konnte der Täter also in aller Ruhe arbeiten, dachte der Inspektor. Er musste an den Mann denken, den Fredi Horvatits am Vormittag vor seinem Tod im Haus seiner Mutter im Innenhof getroffen hatte. Sie hatten über eine Tür gesprochen.

Bevor er mit Janisch das Haus verließ, füllte der Inspektor die Güssinger-Zitrone-Flasche mit Wasser, das er für seinen Kühler benötigte. Er setzte Fritz Janisch zu Hause ab und wählte die Nummer des Gerichtsmediziners Dr. Miksch. Nach einer ausgedehnten Anflehungsorgie versprach ihm der Doktor, sich die Leiche noch einmal anzusehen. Sie lag noch im Kühlhaus in Oberwart, da Fredi Horvatits erst nach Ostern beerdigt werden würde.

Nach einer kühlen Begrüßung durch seine Mutter und drei ebenso kalten Spinatpalatschinken legte sich Inspektor Sifkovits zufrieden ins Bett.

Zwei Dinge erschienen ihm sicher: Fredi Horvatits war doch ermordet worden und die zwei Taten hatten irgendwas miteinander zu tun.

16.

Der Karsamstag begann für den Inspektor früh. Er wurde um 6.30 Uhr von seiner Mutter aus dem Schlaf gerissen. Nach einem schnellen Frühstück mit weich gekochten Eiern und Brot wurde er zu Tinki, dem Fleischhauer von Stinatz, geschickt, um das Geselchte, die Zunge, den Schinken und die Würstel zu holen.

Um sieben Uhr wäre alles bereit zum Abholen. Baba hatte die Osterbestellung schon vor Wochen aufgegeben. Seit mindestens fünfzig Jahren bestand sie aus denselben Produkten. Es empfahl sich, pünktlich zu sein, da die Schlange beim Tinki gern mal bis auf die Gasse hinausreichte. Man holte in erster Linie das Fleisch, aber in zweiter Linie kam man auch zum Tratschen.

Anschließend wurde der Inspektor zu Pekovi beordert. Rudi war der Bäcker im Ort. In Stinatz aß man traditionell zur Osterjause keine Pinze, sondern ein helles, eigens dafür gebackenes Bauernbrot. Hart gekochte Eier, eine Krenwurzen und Salz hatte Baba schon für den Osterkorb vorbereitet, der um die Mittagszeit zur Fleischweihe in die Kirche getragen wurde. David, der Pfarrer von Stinatz, fühlte sich am Karsamstag ähnlich wie eine Kellnerin am Oktoberfest. Allegro. Von früh bis spät stand er in der Kirche, weihte, predigte, gab gute Ratschläge und sang sich die Kehle wund.

Kurz nach acht Uhr kam Sifkovits mit den Besorgungen zurück ins Haus seiner Mutter. Liebevoll füllte sie den Osterkorb mit den Köstlichkeiten und deckte sie mit einem weißen Leinentuch zu.

„Die Fleischweihe musst heute du machen!“, sagte sie.

Sifkovits hatte das Gefühl, als ob er sich den Satz nur eingebildet hätte, doch im Grunde seines Herzens wusste er, dass er sich am Boden der beinharten Realität befand.

„Hast mich verstanden?“, schob Baba nach.

„Was?“

„Du gehst heute zur Fleischweihe, Spatzl.“ Es war keine Bitte, sondern ein Befehl.

„Warum?“, fragte ihr Sohn etwas überrascht.

„Kannst dich beim Lupo bedanken. Der Depp ist gestern draufgekommen, dass er bis Samstag noch zwanzig Eier braucht.“

„Der will die sicher wieder verkaufen, so wie der Haas!“, entgegnete Sifkovits.

„Hör mir auf mit dem Falotten. Eigentlich hätte ich dem Lupo eh abgesagt, aber ist halt mein Cousin.“

Der Inspektor erklärte seiner Mutter, dass er heute noch einige Termine hatte, was die laufende Ermittlung im Fall Horvatits betraf.

„Dann nimm das Fleisch mit. Um zwölf Uhr fängt die Weihe an. Der David ist eh schnell fertig, dann kommst her und wir essen“, eröffnete ihm Baba ihren Plan.

Eigentlich hätte er Baba gerne abgesagt, aber sie war halt seine Mutter.

Nach kurzer Zeit roch es in dem kleinen Peugeot nach Geselchtem.

Romana Bischof zeigte sich einigermaßen überrascht, als sie die Eingangstüre zu ihrer Wohnung öffnete.

„Herr Inspektor? Ich habe Ihnen bereits alles gesagt, was ich weiß“, versuchte sie, den unerwarteten Gast abzuwimmeln.

„Ich weiß, Frau Bischof, es tut mir auch sehr leid, dass ich Sie am Karsamstag noch einmal stören muss, aber ich hätte da noch ein, zwei kleine Fragen. Nur für meinen Bericht. Mein Vorgesetzter ist sehr genau, müssen Sie wissen."

Romana Bischof bat den Inspektor, hereinzukommen. Sifkovits setzte sich auf denselben Stuhl wie beim letzten Besuch. Sofort sprangen ihm wieder die vielen Süßigkeiten ins Auge. Er dachte an seine Notizen. In der Wohnung lag ein leichter Duft, der Sifkovits an Paradeisblätter erinnerte.

„Was wollen Sie noch wissen, Herr Inspektor?", fragte Romana, während sie ebenfalls auf einem Stuhl Platz nahm.

„Es geht nochmal um den Abend, an dem Herr Frena Sie gegen Fredi Horvatits verteidigt hat. Als ich das letzte Mal bei Ihnen war, haben Sie ausgesagt … Moment …"

Sifkovits suchte nach seinem Notizbuch. Nachdem er es gefunden hatte, blätterte er einige Zeit darin, um die richtige Seite zu finden.

„Ah … da haben wir's: ‚Ich kannte ihn bis dato nicht und habe ihn danach nicht mehr gesehen. Wo er wohnt, ist mir nicht bekannt.'"

Romana zuckte mit den Schultern. Sie hob die Augenbrauen nach oben, um dem Inspektor zu signalisieren, dass sie dazu nichts mehr sagen könne.

„Dann war das auch so", stellte Sifkovits trocken fest.

Er erhob sich von seinem Platz und Romana Bischof erwartete schon seine Verabschiedung. Sifkovits jedoch ging nicht in Richtung Eingangstür, sondern steuerte auf den imposanten Kühlschrank zu.

„Toll ist der!", sagte er zu Romana Bischof. „Wissen Sie, wir haben zu Hause nur einen kleinen Kühlschrank. Seit Ewigkeiten diskutiere ich mit meiner Frau, ob wir uns nicht einen größeren anschaffen sollten. ‚Warum? Der alte funktioniert noch', sagt sie meistens. Sie hat damit nicht unrecht. Aber allein das Platzangebot in einem Kühlschrank wie diesem. Enorm. Darf ich einmal aufmachen?", fragte er.

Romana Bischof wunderte sich über das Interesse an ihrem Kühlschrank.

„Gern, Herr Inspektor!"

Sifkovits öffnete den Schrank und war begeistert. „Ein Wahnsinn", zeigte sich Sifkovits entzückt. Allein vier Fächer für Wurst, Käse, Aufstriche und dergleichen. Da unten, ist das ein eigenes Fach für Getränke?"

Romana nickte.

„Super, da kann man die Flasche gerade hineinstellen und muss sie nicht umlegen. In unserem Seitenfach ist höchstens Platz für eine Milch, die Sojasauce und das Ketchup." Er entdeckte eine weitere Lade, die ihm gefiel. „Fürs Gemüse, oder? Fabelhaft. Und in der Tür genügend Platz für Eier, Saucen und den Sardellenaufstrich, den man öffnet und danach mindestens ein Jahr lang lagert, um ihn anschließend wegzuwerfen. Ich werde meiner Frau von diesem Kühlschrank erzählen. Vielleicht kann ich sie überzeugen."

„Machen Sie das!"

In Romanas Stimme lag der dringliche Wunsch, den Inspektor loszuwerden.

„Danke für Ihre Hilfe. Auf Wiedersehen."

„Wiedersehen, Herr Inspektor."

Im Vorraum drehte sich Sifkovits nochmals zu Frau Bischof um.

„Dürfte ich noch schnell Ihre Toilette benutzen?", fragte er.

„Gern", antwortete Romana knapp.

Nach kurzer Zeit hörte man die Klospülung. Als Sifkovits

wieder im Vorraum stand, hatte er noch etwas auf dem Herzen. „Eine kurze Sache noch, Frau Bischof."

Romana Bischof verlor langsam die Geduld. Sie blieb zwar höflich, wurde aber direkter.

„Bitte, Herr Inspektor, nicht böse sein, aber ich möchte jetzt wirklich meine Ruhe haben."

„Natürlich, das verstehe ich gut, ich muss auch noch zur Fleischweihe, meine Mutter kommt mit dem Kratzen nicht mehr nach, weil der Lupo, ihr Cousin …"

„Könnten Sie bitte zum Punkt kommen?", unterbrach Romana Bischof den Inspektor.

„Ja. Als ich meine Frau kennengelernt habe, da hat sie manchmal Marihuana geraucht. Danach hat es in der ganzen Wohnung gerochen, wie wenn man die Blätter von Paradeisern zwischen den Händen reibt."

Er hielt seine Nase in die Höhe und atmete tief ein.

„Ähnlich wie es bei Ihnen riecht. Nicht unangenehm. Meine Frau hatte danach immer einen hemmungslosen Hunger auf Süßes. Fressflash nannte sie das. Und jetzt stellen Sie sich vor, was meine Kollegin Gruber in der Nähe von Frenas Hütte gefunden hat: Pflanzen. Kleine Setzlinge. Auf den ersten Blick dachte sie, es handle sich um jungen Feldahorn, auf den zweiten aber gab es keinen Zweifel. Und danach hat meine Kollegin noch beobachtet, wie jemand aus der Hütte von Herrn Frena kam."

Sifkovits blickte Romana Bischof tief in die Augen.

„Die Person, die das Messer in den Hals von Fredi Horvatits stach, stand mit Frena im engen Kontakt und kannte die Kombination seines Türschlosses. Beides trifft auf Sie zu. Darüber hinaus haben Sie kein Alibi."

Romana senkte den Kopf zu Boden.

„Ich habe ihn nicht getötet", murmelte sie leise vor sich hin. „Auch wenn ich es manchmal am liebsten getan hätte."

„Ich weiß", sagte der Inspektor.

„Woher?", fragte Romana neugierig.

„Weil Sie Ihre Senftube an der Hinterseite drücken und Ihre Klopapierrolle mit der Abrissseite nach vorne aufhängen", stellte er fest.

„Woher wissen Sie das?"

„Ich hab's gerade gesehen. Vorhin, als sie mir ihren tollen Kühlschrank gezeigt haben. Alle Saucen an der Hinterseite gedrückt. Sehr effizient mit maximalem Ertrag. Ebenso auf Ihrer Toilette. Papier in Griffweite. Die Person, die Frena nahesteht, macht genau das Gegenteil. Ich wollte mich versichern, dass Sie nichts mit dem Tod von Fredi Horvatits zu tun haben. Deshalb bin ich nochmals gekommen."

Romana war beeindruckt und auch erleichtert, dass die Wahrheit ans Licht kam.

„Ich kaufe mir wirklich nur hin und wieder ein bisschen Gras beim Frena, das ist alles", gab sie zu.

„Ich bin nicht beim Drogendezernat, Frau Bischof. Das müssen Sie selber klären. Aber eines kann ich Ihnen versprechen: Ab sofort haben Sie vor mir Ihre Ruhe. Frohe Ostern!"

Sifkovits lächelte und verließ die Wohnung.

Als Sifkovits in der Stinatzer Kirche eintraf, war David gerade dabei, das Aspergill aus dem Weihwasserkessel zu nehmen und die Gaben in den Körben zu segnen.

Der Inspektor hatte die „Vorspeise" versäumt, kam aber rechtzeitig zur Hauptmahlzeit. Als Nachspeise würde es dann noch ein gemeinsames Vaterunser geben und die Andacht wäre quasi gegessen. Sifkovits war erleichtert, dass sein

Korb vom Weihwasser noch benetzt wurde. Seine Mutter hatte immer behauptet, dass sie ungeweihtes Fleisch sofort erkennen würde.

Die Kirche füllte sich mit Gemurmel. Die Gemeinde setzte zum gemeinsamem Schlussgebet an. Die darauffolgende Stille wurde durch den Klingelton eines Klapphandys durchbrochen.

„Herr Inspektor?", sagte Dr. Miksch.

„Ja, bitte?", flüsterte er.

„Wie ich es gesagt habe. Fredi Horvatits starb durch plötzlichen Herztod infolge einer Herzrhythmusstörung ..."

Der Inspektor machte ein enttäuschtes Gesicht. All die Arbeit schien sich aufzulösen wie Löschpapier in der Badewanne.

„... ausgelöst durch einen Stromschlag!", fügte Miksch noch hinzu.

Sifkovits stieß einen lauten Schrei aus, der quer durch das ganze Kirchenschiff hallte. „MORD! SUPER! ICH WUSSTE ES!"

Etwa dreihundert Köpfe drehten sich schlagartig in seine Richtung.

17.

Sifkovits' Auftritt bei der Fleischweihe hatte sich natürlich schlagartig in Stinatz herumgesprochen, dementsprechend verhalten war die Stimmung bei der anschließenden Osterjause in Babas Stube. Sifkovits' Schwester Lisa, die ihrem Bruder immer wieder bei technischen Fragen unterstützend zur Seite stand, ihr Mann Hannes und deren knapp siebenjährige Tochter Elisabeth waren ebenfalls anwesend.

Baba stocherte für alle hörbar auf ihrem Teller herum. Sie atmete dabei sehr laut, um so ihren Ärger auszudrücken. Hannes versuchte, die betretene Stille mit etwas Small Talk aufzulockern.

„So, jetzt haben wir Mitte April, eine gute Zeit für die Barsche. Und kaum eineinhalb Monate später beginnen dann die Brassen im Flachwasser zu laichen. Die beste Zeit für kapitale …"

Seine Worte wurden mit leichtem Nicken aller Anwesenden zur Kenntnis genommen. Lisas Mann Hannes war ein passionierter Fischer und ging mit seiner ausufernden Leidenschaft fast allen gehörig auf die Nerven.

„Und die Carina? Ist die noch immer in Afghanistan?", redete Hannes weiter. „Muss für sie schwer sein dort … mit den Frauenrechten und so weiter …. Dürfen die dort überhaupt Autofahren? Ich habe einmal gelesen …"

„Sie ist in Kenia!", warf Sifkovits ein.

„Ah, ja. Da ist es besser … Wann kommt sie denn wieder?", fragte Hannes weiter.

„Nach Ostern!", blaffte Baba dazwischen. Sie stopfte sich ein ganzes hart gekochtes Ei in den Mund und sprach weiter. Es schneite immer wieder kleine gelbe Flocken aus ihrem Mund.

„Die Carina ist überhaupt nie da. Die ganze Zeit ist er allein und muss alles selber machen. Gott sei Dank bringen's in letzter Zeit so viele Leute bei uns um."

„Wieso?", fragte Lisa stirnrunzelnd.

„Weil dann ist der Bua wenigstens da und bekommt was Gescheites zu essen", antwortete Baba schroff.

„Jetzt reicht's, Mama! Nur weil dir vor dem Kirchengemeinderat mein Auftritt peinlich ist, brauchst nicht auf die Carina loszugehen. Die macht dort eine wertvolle Arbeit. Wenn's mehr solche Menschen geben würde, die sich in den Dienst der Allgemeinheit stellen und dafür sorgen, dass die Welt ein Stück weit besser wird, dann hätten wir schon viel gewonnen. Ostern hin oder her. Es geht hier um Mord."

Baba war unverkennbar überrascht ob der klaren Worte ihres Sohnes. Sie vergaß obendrein auf das Kauen und schluckte mit einem lauten Glucksen die Reste des Eies direttissima in ihren Magen. Kurz war es so leise, dass man das Knacksen im Tischherd hören konnte. Hannes konnte abermals mit der Stille nicht umgehen.

„Ja, jetzt ist bald wieder Vollmond. Die beste Zeit für die Hechte … Der Zander zum Beispiel, der beißt am liebsten bei abnehmendem Mond … also um genau zu sein, wenige Tage vor Neumond …"

Vier Köpfe, inklusive der kleinen Elisabeth, drehten sich in Hannes' Richtung. Die Jause wurde eher still beendet.

Nachdem der Küchentisch von den ganzen Köstlichkeiten gesäubert war, verabschiedete sich Hannes von der Gruppe. Er fahre jetzt mit der kleinen Elisabeth zu seinen Eltern, um erneut eine Osterjause einzulegen. „Bei uns gibt es zu Ostern sogar geräucherte Forelle“ waren seine Worte, die ihm einen Glanz in seine Augen zauberten. Lisa wollte noch zum Osterfeuer beim Feichtinger schauen. Sifkovits deutete an, dasselbe vorzuhaben.

„Spatzl, ich hab das nicht so gemeint!“, sagte Baba zu ihm.

„Ich weiß, Mama. Es war auch viel für dich in letzter Zeit“, beruhigte sie ihr Sohn.

„Ja, du hast recht. Ich konnte mich in der letzten Zeit kaum ausruhen wegen der Kratzerei. Aber jetzt werde ich mir den Kachelofen im Wohnzimmer einheizen und mir auf ORF 2 meine Sendung aufdrehen. Da kann kommen, was wolle“, erklärte Baba ihren Kindern mit zufriedener Stimme.

Kaum hatten Sifkovits und seine Schwester die Stube verlassen, um in Richtung Feichtinger zu fahren, hörte Baba, dass draußen jemand ihren Namen rief. Slivo, der örtliche Chef der Jäger, kam in die Stube gestürzt.

„Entschuldige, dass ich jetzt noch hereinplatze, aber hast du noch ein paar Eier?“, fragte er keuchend. „Ich habe versehentlich den Osterstrauch umgeworfen.“

Die Fahne aus seinem Mund hing nicht auf Halbmast, sondern ganz oben.

„Na sicher, Slivo“, sagte Baba „Ich hab eh gerade nix zu tun, die Kinder gehen zum Feichtinger …“

„Danke, du bist meine Rettung. Ich muss gleich wieder gehen.“

Davor holte sich Slivo noch 16 gekratzte Eier und trank den restlichen Schnaps von Sifkovits’ Vater leer.

„Medizin. Das Beste für meinen Magen. Viel gesünder als jeder Tee“ waren seine Worte, bevor er die Stube von Baba verließ.

Gleich darauf heizte sich Baba den Ofen im Wohnzimmer ein, schaltete auf „Weißblaue Geschichten“ und versperrte das alte Eingangstor.

Seit langer Zeit konnte sie wieder einmal gut schlafen.

Das Osterfeuer beim Feichtinger zählt zu den vielen Höhepunkten in Stinatz um die Osterzeit. Tagelang werden auf dem Privatgrundstück vom Feichtinger Karl und der Feichtinger Inge überschüssige Hölzer, Sträucher und Baumabfälle zusammengetragen. Zugegeben, in früheren Zeiten konnte man auch seine alten Winterreifen dorthin bringen. Davon hat man sich aber weitgehend verabschiedet. Ob bei dem einen oder anderen privaten Osterfeuer der eine oder andere Winterreifen mitbrennt, sei dahingestellt.

Seit vielen Jahren wird auch eine kleine Bar aus Holz auf dem Grundstück aufgestellt, um den Gästen eine Kleinigkeit zum Trinken anzubieten. In der Regel sind das Kaffee, Bier, Wein und für die Kinder Frucade, die Herr Feichtinger direkt vom Lagerhaus Neudau, in dem er arbeitet, kistenweise auf Kommission nimmt.

Die Tage davor gab es traditionell eine Feuerwache, denn es hatte sich schon zugetragen, dass Menschen aus einem umliegenden Ort das Feuer einen Tag zuvor entzündeten. Man munkelte, dass es etwas mit einem neuen Löschfahrzeug für die Feuerwehr zu tun hatte und dieser Akt als Rache an der Stinatzer Feuerwehr galt, da diese für ihr neues Feuerwehrfahrzeug politische Rückendeckung hatte.

Einem unbestätigten Gerücht zufolge soll der Karl Feichtinger vor langer Zeit, als wir noch mit Schilling zahlten, einmal selbst versehentlich das Feuer zu früh entzündet haben. Beim Lagerfeuer wird eben jeder zum Löschmeister, egal ob

Feuerwehrmitglied oder nicht. Nichtsdestotrotz ist das Lagerfeuer für die örtliche Feuerwehr eine willkommene Abwechslung im ruhigen und eher brandfreien Alltag. Brände werden am nächsten Tag auf alle Fälle gelöscht, wobei es sich um eine Brandlöschung mit Mineralwasser und Kopfwehtabletten handelte.

Es war kurz nach 16.00 Uhr und das große Feld vor dem Haus der Feichtingers war schon gut gefüllt. Die Menschen saßen auf Bierbänken und unterhielten sich. Die Stimmung war gut und man konnte die Vorfreude auf das Entzünden des großen Holzhaufens spüren. Dieser wurde von einem jungen Feuerwehrmann bewacht, der Roblox auf seinem Smartphone spielte.

In der Regel brachen dann kurz vor 22.00 Uhr viele in die Kirche auf, um am Ostergottesdienst teilzunehmen. Jene, die für die Brandwache eingeteilt waren, verließen den Platz nicht. Dementsprechend stritten sich vor allem junge Leute darum, wer denn die Brandwache machen dürfe. Und all jene, die bereits vor 22.00 Uhr auf der Bierbank einschliefen, blieben dem Gottesdienst ebenfalls fern.

Sifkovits entdeckte unter den vielen Gesichtern seine Schwester Lisa. Sie saß mit seiner Kollegin Gruber an einem Biertisch. Sie tranken Wein.

„Darf ich mich dazusetzen?", fragte er beiden.

„Wenn du nichts über Fische erzählst, dann ja!", antwortete seine Schwester.

Freudig nahm er Platz.

„Wisst's schon, wer den Horvatits erstochen hat?", wollte Lisa wissen.

„Noch nicht. Wir wissen nur, dass der- oder diejenige etwas mit dem Frena zu tun hat", klärte Gruber Lisa auf.

„Noch dazu ist der- oder diejenige nicht einmal der eigentliche Mörder", fügte Sifkovits hinzu.

„Wobei der Stromschlag noch kein eindeutiger Beweis ist für einen Mord."

„Sie haben recht, Frau Gruber, aber es sind mir einfach zu viele Zufälle. Der Karton und vor allem der markierte FI-Schalter."

Sifkovits blickte sich um. Er hatte Durst. Hinter der Holzbar stand ein bekanntes Gesicht. Alexandra Bayer, die Schwester des Ermordeten. Er stand auf und ging zu ihr.

„Grüß Gott, Frau Bayer", sagte er. „Was für eine Freude, Sie hier zu sehen."

„Grüß Sie, Herr Inspektor. Die Freude ist ganz meinerseits. Ich helfe der Inge schon die letzten Jahre hier beim Osterfeuer. So komme ich ein wenig unter die Leute."

Sifkovits fragte Alexandra, ob sie zufällig nur ein heißes Wasser dahätten.

Sie meinte, Inge Feichtinger wäre so liebenswürdig und hole dem Inspektor heißes Wasser aus ihrem Haus. Der Kaffee sei schon fertig gemacht und in Thermoskannen gefüllt, da es hier kein fließendes Wasser gebe. Ein großer Partykühlschrank, der mit einem unendlich langen gelben Verlängerungskabel mit Strom versorgt wurde, sorgte für die Kühlung von Milch, Bier und Wein.

„Wo ist denn Ihr Mann?", fragte Sifkovits Frau Bayer.

„Zu Hause. Wie Sie vielleicht das letzte Mal bemerkt haben, ist er eher … eigen. Er hat gern seine Ruhe."

„Das kann ich verstehen."

„Wir haben auch jedes Mal eine Diskussion, wenn ich hierher gehe, aber ich habe gelernt, dass niemand mein Leben leben kann. Nur ich. Ich werde mich auch nicht mehr verbiegen, nur weil jemand mich so haben möchte, wie er denkt. Das tut unheimlich gut. Ich weiß, dass ich helfen kann, und das mache ich sehr gern", sagte Alexandra.

„Das ist schön."

Inge Feichtinger kam mit einer Tasse mit heißem Wasser zurück.

„Hier ist dein Wasser, Schiffi!"

„Danke, Inge. Na dann, meine Damen, noch einen schönen Abend. Ich setze mich wieder zu meiner Schwester und meiner Kollegin." Mit diesen Worten entfernte sich der Inspektor von der Ausschank.

Die beiden Damen am Biertisch unterhielten sich über Gott und die Welt. Sifkovits nahm allerdings nur peripher an dem Gespräch teil. Seine Blicke schweiften immer wieder umher und er beobachtete jeden Tisch ganz genau. Selbst Romana Bischof war gekommen. Sie saß mit einigen Leuten, die Sifkovits nicht kannte, ebenfalls an einem Biertisch.

„Sag einmal hörst du mir eigentlich zu?", fragte Lisa ihren Bruder.

„Was?" Sifkovits wurde aus seinen Gedanken gerissen. „Geht's um den Haas, der die Eier von der Mama teuer weiterverkauft hat?"

„Was?"

Diesmal verstand Lisa nicht, wovon ihr Bruder sprach.

„Was!?"

„Du solltest mit dem Käsetee aufhören, du bist ja vollkommen benebelt", stellte seine Schwester fest.

„'tschuldige, worum ging's?", wollte Sifkovits wissen.

„Ob dir das nicht auch komisch vorkommt?", fragte Lisa.

„Ja, jetzt wo du es sagst. Mir hat er erzählt, dass er kaum ins Dorf geht", stellte Sifkovits fest.

Lisa schüttelte den Kopf. „Wieso ins Dorf? Er ist zu den Schwiegerleuten gefahren."

Sifkovits riss die Augen auf. „Was macht der bei deinen Schwiegerleuten?"

Lisa traute ihren Ohren nicht. „Trinkst du heimlich? ER IST IHR SOHN", schrie sie.

„Von wem redest du?"

„Vom Hannes, meinem Mann."

„Ach so, ja, denn kenn ich. Was ist mit dem?", fragte der Inspektor.

„Ich habe vorher gesagt, dass ich es komisch finde, dass die zu Ostern eine geräucherte Forelle essen", antwortete Lisa.

„Eh. Sehr komisch!"

In Sifkovits' Kopf wurde gerade ein Teil des Rätsels gelöst.

„Von wem hast denn du geredet?", fragte Lisa ihren Bruder.

„Vom Frena, der da hinten sitzt."

Sifkovits deutete auf einen Mann, der ganz allein an einem Biertisch saß. Vor sich hatte er eine Tasse Kaffee.

„Wollen wir ihn nicht damit konfrontieren, dass er vermutlich Gras an die Frau Bischof verkauft hat?", fragte Frau Gruber.

„Nein, Frau Gruber. Das machen wir jetzt nicht. Noch nicht!", antwortete der Inspektor bestimmt.

Sifkovits stand auf und leerte seinen Tee in einem Zug.

„Komm mit!", forderte er seine Schwester auf.

„Jetzt? Gleich wird das Feuer angezündet", wehrte sich Lisa.

„Dauert nicht lange."

„Mah, du kannst nerven." Lisa erhob sich ebenfalls von der Bank.

„Bitte, Frau Kollegin, behalten Sie den Herrn Frena im Auge."

„Ja klar. Können Sie mir sagen, worum es geht?“

„Um die Lösung, Frau Kollegin. Ich muss nur auf Nummer sicher gehen“, antwortete der Inspektor. „Nimm dein Handy mit!“ rief er seiner Schwester zu.

Etwas zehn Minuten später nahm Lisa wieder bei Frau Gruber Platz und Sifkovits ging zu seinem Peugeot und wählte die Nummer von Ö3. Er landete in der Warteschleife. Nach einigen Minuten meldete sich eine Stimme.

„Hitradio Ö3, Knoll. Was kann ich für Sie tun?“, fragte eine freundliche Stimme.

„Grüß Gott, Hier spricht Sifkovits …“ Prompt wurde er unterbrochen.

„Der von STS?“, fragte Knoll

„Nein … ich bin …“

„Der Bruder?“

„Nein, ich habe keinen Bruder, nur eine Schwester“, gab er wahrheitsgemäß an.

„Super, und die will singen?“

„Nein. Die kann nicht singen.“

„Schade. Wollen Sie singen?“, fragte Knoll weiter.

„Nein. Ich bin von der Polizei, Gruppeninspektor ….“

„Der singende Inspektor. Das ist eine hervorragende Idee. Die junge Hörerinnen lieben Interpreten mit dem gewissen Etwas ….“

Sifkovits unterbrach Knoll.

„Hören Sie mir zu, ich brauche nur eine Auskunft!“

„Dann sagen Sie das doch bitte gleich und unterbrechen Sie mich nicht andauernd“, hörte Sifkovits vom anderen Ende der Leitung.

„Entschuldigen Sie, Herr Knoll.“

Für kurze Zeit war es still.

„Und?“, fragte Knoll.

„Und was?“, fragte der Inspektor zurück.

„Und was wollen Sie wissen?“

„Wann wurde denn das Lied ‚Da Osterhas hat ein Burnout‘ von Seiler und Speer am Mittwoch gespielt?“

Sifkovits hörte schnelles Tippen auf einer Tastatur.

„Um 10.03 Uhr. Direkt nach den Nachrichten. Wir von Ö3 hatten die Weltpremiere dieses Songs, der auf dem besten Wege ist, wieder die Spitze der Charts zu erklimmen.“

Sifkovits kritzelte die ganze Zeit in seinen Block.

„Und danach?“, fragte er weiter.

„Nicht mehr. Der Song wurde an diesem Tag nur einmal bei uns gespielt. Erst die Tage darauf kam er in eine häufigere Rotation. In der Regel spielen wir Lieder nur einmal am Tag, um Abwechslung zu bieten“, sagte Knoll mit einem gewissen Stolz.

„Und Sie sind sich ganz sicher, dass dieses Lied nicht noch einmal um 12.23 Uhr gespielt wurde?“

Wieder heftiges Tippen.

„Ganz sicher. Um 12.27 Uhr lief Adele mit ‚Easy on me‘.“

Zufrieden ließ sich Sifkovits auf den Fahrersitz seines Peugeot 206 fallen. „Danke. Sie haben mir sehr geholfen, Herr Knoll!“

„Nichts zu danken. Wollen Sie nicht doch vielleicht singen?“, fragte Knoll.

„Ich überleg’s mir“, antwortete der Inspektor und legte auf.

Um 21.59 Uhr betrat Sifkovits die Pfarrkirche von Stinatz. Auf diese Auferstehung freute er sich besonders.

18.

Das Kirchenschiff platzte aus allen Nähten. David, der Pfarrer, trug seine beste Albe, quasi die „Ansapanier“, die in strahlendem Weiß das Licht der Kerzen noch heller erscheinen ließ. Sifkovits stand, dicht gedrängt, neben vielen anderen im Eingangsbereich. Mit der Bitte, zum Weihwasser gehen zu können, bahnte er sich seinen Weg ins Innere. Er musterte die in den Bänken der Kirche Sitzenden. In der dritten Reihe, ganz außen, wurde er fündig.

David hatte bereits mit dem Gottesdienst begonnen. Als er Sifkovits erblickte, schenkte er ihm ein leichtes Lächeln, das so viel bedeutete wie „Na, dann suchst dir halt schnell einen Platz, aber komm das nächste Mal früher.“

Seiner Mutter Baba, die in der ersten Reihe saß, war sein Kommen ebenfalls nicht entgangen. Ihr Blick war nicht so freundlich. Unter geflüsterten Entschuldigungen bahnte sich der Inspektor seinen Weg nach vorne. Als er in der dritten Reihe angekommen war, fragte er die Person, die ganz außen saß, ob sie ein wenig hineinrutschen könne, damit er daneben Platz hätte.

Die Person bejahte. Sifkovits nahm Platz und verfolgte das Geschehen am Altar.

„Brüder und Schwestern,
damit wir die heiligen Geheimnisse
in rechter Weise feiern können,
wollen wir bekennen, dass wir gesündigt haben.“

Nach diesen Worten von David wandte sich Sifkovits der

Person zu, die links von ihm saß. Sein Blick blieb nach vorne auf den Altar gerichtet.

„Ich weiß, dass Sie Ihren Bruder erstochen haben, Frau Bayer", flüsterte der Inspektor.

Alexandra Bayer reagierte nicht auf die Worte von Sifkovits.

„Ich gebe euch ein neues Herz
und einen neuen Geist gebe ich in euer Inneres.
Ich beseitige das Herz von Stein aus eurem Fleisch
und gebe euch ein Herz von Fleisch."

„Wie kommen Sie auf diesen absurden Gedanken?", fragte Alexandra Bayer leise. Ihr Blick blieb ebenfalls auf den Altar gerichtet.

„Ihre Erdbeermarmelade war zu kühl", antwortete der Inspektor.

Alexandra Bayer zog die Augenbrauen nach oben und zuckte leicht mit den Schultern.

„Als ich am Mittwoch bei Ihnen war, habe ich ein Glas der frischen Erdbeermarmelade in die Hand genommen. Es war vollkommen ausgekühlt. Das hat mich von Anfang an beschäftigt. Sie haben die Marmelade bereits um 10.03 Uhr eingekocht. Das war auch der Zeitpunkt, an dem Sie das Video für Facebook aufgenommen haben. Veröffentlicht haben Sie das Video aber erst um 12.27 Uhr, um den Anschein zu erwecken zu Hause zu sein."

„Lasset uns beten."

„Ich habe die Marmelade nach draußen gestellt, um sie abzukühlen. Haben Sie sich das Video angesehen? Im Hintergrund ist meine Uhr zu sehen, die eindeutig 12.27 Uhr zeigt. Ich war zu diesem Zeitpunkt zu Hause. Sie haben keinen Beweis dafür, Herr Inspektor", hauchte Alexandra.

„Doch, den habe ich!", hauchte Sifkovits zurück. „Ich kann beweisen, dass Ihr Alibi falsch ist."

Ein raumerfüllendes Amen hallte durch die Kirche.

„Fürchtet euch nicht! Ich weiß, ihr sucht Jesus, den Gekreuzigten.
Er ist nicht hier; denn er ist auferstanden, wie er gesagt hat.
Kommt her und seht euch den Ort an, wo er lag!"

Die leichte Unruhe in der dritten Reihe war auch einigen anderen Kirchenbesuchern nicht entgangen. Als sich Baba Sifkovits in der ersten Reihe nach hinten zu ihrem Sohn umdrehte, waren Alexandra Bayer und der Inspektor bereits verschwunden.

Sifkovits und Frau Bayer saßen auf der Bank vor der Kirche. Alexandra hatte ihr Smartphone in der Hand und spielte besagtes Video ab.

„Wo hören Sie da was?", fragte sie schroff.

„Ganz leise im Hintergrund."

Alexandra hielt sich den Lautsprecher ans Ohr.

„Ja, ein Lied ist zu hören. Na und?", entgegnete sie.

„Genau, ein Lied. Ich wäre nie draufgekommen, wenn ich nicht die Kommentare unter Ihrem Posting gelesen hätte. Ich bitte Sie, zum Kommentar von Inge Feichtinger zu gehen."

Alexandra scrollte über viele Kommentare, die hauptsächlich voll Lob für ihre Arbeit waren. Inge Feichtingers Kommentar hatte noch einen kleinen Zusatz.

Inge Feichtinger schrieb am Gründonnerstag:

Liebe Alex, ein Glas ist für mich :-) und im Hintergrund die neue Scheibm von Seiler und Speer. I krieg a bald ein Burn-out, wenn das so weitergeht ;-o

Alexandra drückte den Knopf an der rechten Seite und der Bildschirm wurde schwarz.

Sifkovits kramte seinen Notizblock hervor. „An diesem Mittwoch, als Ihr Bruder ermordet wurde, lief die neue Single von Seiler und Speer um 10.03 Uhr zum ersten und einzigen Mal an diesem Tag. Ö3 hatte die Weltpremiere. Die Nummer war davor nirgendwo zu hören. Um 12.27 Uhr, als Sie behauptet haben, zu Hause gewesen zu sein, lief auf Ö3 Adele mit ‚Easy on me'."

Alexandra wurde spürbar nervöser. Sie konnte dem Inspektor nicht mehr in die Augen sehen. Ihre Blicke suchten Punkte in der Dunkelheit.

„Dann habe ich mich eben getäuscht mit der Zeit", versuchte Frau Bayer sich herauszureden.

„Und was ist mit der Uhr im Hintergrund, die 12.27 Uhr zeigt, die Sie mir noch vorhin als Alibi verkauft haben?", bohrte Sifkovits nach.

„Vielleicht ist sie stehen geblieben, das könnte ja zufällig passiert sein."

„Das sind aber sehr viele Zufälle, ähnlich wie beim Stromschlag, der Ihren Bruder eigentlich getötet hat. Ihre Bekanntschaft mit Herrn Frena ist aber kein Zufall!", sagte Sifkovits entschieden.

„Was? Ich kenne den gar nicht!"

„Doch, das tun Sie, Frau Bayer, sogar besser als nur vom Sehen. Ich weiß nicht, wie und wann Sie sich kennengelernt haben, aber ich vermute, dass Sie sich auf Anhieb sympathisch waren. Der Frena ist ebenfalls ein Außenseiter in der Gesellschaft, so wie Sie durch Ihre psychischen Probleme.

Ihr Mann war Ihnen vermutlich keine Hilfe. Ich wage zu behaupten, dass er Sätze wie: ‚Jetzt stell dich nicht so an', ‚Was soll ich sagen, ich arbeite von früh bis spät' oder: ‚Das ist ja keine Krankheit' zu Ihnen gesagt hat.

Der Frena hat Sie verstanden, der kennt dieses Gefühl, ‚sonderbar' zu sein. Ihre Sätze wie: ‚Ich bin wertvoll', ‚Ich darf Nein sagen' und ‚Ich werde frei sein' konnten Sie mit Herrn Frena teilen. Ich glaube, dass Sie sich gegenseitig das Gefühl gaben, wertvoll zu sein. In ihrer Verbindung spielten Vorurteile keine Rolle. Ich kenne die Gerüchte über den Frena und ja, er hat eine Drogenvergangenheit, aber er wollte noch einmal ganz von vorne beginnen, und zwar mit Ihnen. Die Leute haben gesagt, dass er ein Hascher ist und sich was spritzt. Damit hatten sie recht.

Als ich das letzte Mal bei Herrn Frena in der Hütte war, hörte ich ein Geräusch, ein Piepen, das mich an meinen Vater erinnerte, und als ich am Nachmittag beim Feichtinger war, habe ich Sie und den Frena beobachtet. Er ging an die Bar und bestellte bei Ihnen einen Kaffee. Sie gossen ihm Kaffee in das Häferl. Der Frena war mit seinem Blick bei den anderen Leuten, um nur ja keinen Verdacht zu erregen, dass Sie beide sich kennen würden, er grüßte Sie nicht einmal. Und dann machten Sie etwas, das dieses Rätsel teilweise gelöst hat. Sie gaben ihm unaufgefordert zwei Stück Süßstoff in seinen Kaffee. Das macht man nur, wenn man jemanden sehr gut kennt.

Genau jenes Piepen, das ich gehört habe, sollte ihn darin erinnern, Insulin zu spritzen. Der Frena ist Diabetiker. Und das, Frau Bayer, wussten Sie!“

Alexandra senkte ihren Kopf. Aus der Kirche drangen kroatische Gesänge und Gebete, die den Vorplatz zart einhüllten.

„Frau Bayer, ich glaube, am Mittwoch ist Folgendes passiert: Nachdem Ihr Mann in die Arbeit gefahren war, sind Sie zu der Hütte gefahren. Der Feldweg, der neben Ihrem Haus beginnt, mündet in den Kapauner Wald. Sie haben Frena in Ihre Pläne eingeweiht. Bevor Sie wieder fuhren, waren Sie noch auf seiner Toilette. Dabei haben Sie sich einen kleinen roten Kieselstein in Ihre Profilsohle eingetreten, ‚Fulpmer Zierkies', den Sie am Tatort wieder verloren haben. Eventuell haben Sie auch eine frische Klopapierrolle auf die Halterung gehängt, mit der Abrissseite nach hinten. Danach machten sie sich auf den Weg zu meiner Mutter, weil sie wussten, dass sie jeden Mittwoch um acht das Grab meines Vaters besucht. Sie haben sie dort öfter getroffen, und sie wussten auch, dass meine Mutter, genau wie Ihre, niemals ihre Haustüre versperrt. Sie stahlen ein Eierkratzmesser, das mit all den anderen am Küchentisch lag, um den Verdacht auf meine Mutter zu lenken.

Um halb neun telefonierten Sie dann mit Ihrem Bruder, um sicherzugehen, dass er um die Mittagszeit zu Hause ist. Danach fuhren Sie zu Ihrer Mutter, um zu frühstücken. Als sie danach zu Hause ankamen, begannen sie das Video für Ihr Alibi zu produzieren. Sie manipulierten die Uhr und stellten das Veröffentlichungsdatum auf Facebook für 12.27 Uhr ein. Meine Schwester hat mir erklärt, dass das möglich ist. Ich habe ja keine Ahnung von diesem Social-Media-Kas.

Um etwa 12.15 Uhr fuhren Sie nach Wörterberg. Der Zugangscode für das Schloss ist Ihnen bekannt, Sie betraten das Haus, gingen direkt in den Wellnessbereich und sahen Ihren Bruder im Solarium liegen. Vermutlich dachten Sie, dass er schläft. Sie rissen den Deckel hoch und stachen sofort zu. Und dann riefen Sie Ihren Bruder noch um 14.46 Uhr an, so als wüssten sie nichts von seinem Tod.

Wenn wir jetzt noch Ihr Haus oder die Hütte vom Frena durchsuchen sollten, dann würden wir vermutlich sehr viel Bargeld finden. Nämlich jenes Geld, das Ihr Bruder in Eisboxen gelagert hatte und für seine Flucht nach Panama benötigte. Von außen betrachtet könnte man vermuten, dass das Geld Ihr Motiv wäre, und genau da beginnt mein Problem. Warum der Mord? Sie hätten sich das Geld jederzeit holen können. Ihr Bruder war oft nicht zu Hause, Code und Versteck waren Ihnen bekannt. Warum der Mord? Dafür fehlt mir das Motiv."

Alexandra begann heftig zu zittern. Nach kurzer Zeit schossen Tränen in ihre Augen. „Ich habe nicht gewusst, dass er schon tot war", stammelte sie.

„Das weiß ich, Frau Bayer. Und ich weiß auch, dass der eigentliche Mörder jener Mann war, den Ihr Bruder am Vormittag in der Einfahrt Ihrer Mutter getroffen hatte. Ein Mann, der sich mit Elektrik auskennt", sagte Sifkovits, während er seinen Arm um Frau Bayer legte.

„Was passiert denn jetzt mit mir?", fragte Frau Bayer, während sie weiter bitterlich weinte.

„Schauen Sie, strafrechtlich nicht viel. Es ist nicht strafbar, wenn man versucht, einen Toten zu töten. Aber Sie könnten mir helfen, ich bin mir sicher, dass der eigentliche Mord etwas mit Ihrer Tat zu tun hat."

Frau Bayer schaute starr nach unten und schüttelte heftig den Kopf. Orgelmusik war aus dem Inneren der Kirche zu hören.

„Bitte, Alex, sag endlich, was los ist."

Sifkovits blickte in das Gesicht von Frena.

„Ich liebe dich, Alex. Wir beide haben ein gutes Leben verdient. Bitte befreie dich von deinen Geistern. Egal, was du auch machst, ich bin an deiner Seite. Ich habe noch nie in meinem Leben einen Menschen getroffen, der mich schätzt wie ich bin. Durch dich habe ich wieder entdeckt, wie schön es sein kann, voller Zuversicht durchs Leben zu gehen. Uns beide kann doch nichts aufhalten, und wenn der starke Regen fällt, dann waschen wir uns damit unser Gesicht."

Frena entließ den Inspektor aus der Umarmung und trat an seine Stelle. Alexandra blickte hoch und erkannte ein Lächeln in Frenas Gesicht. Danach küssten sich die beiden leidenschaftlich. Als sich ihre Lippen wieder lösten, hielt Alexandra die Augen geschlossen.

„Er hat gedroht, dass er mich umbringt, wenn ich jemandem davon erzähle. Ich war noch ein kleines Kind. Nach außen hat es immer so ausgesehen, als ob er sich um mich kümmern würde, in Wahrheit hat er mich immer unter Druck gesetzt. Das Schweigenmüssen hat mich krank gemacht. Als ich ihn traf", sie zeigte auf Frena „lernte ich langsam, mit meinen Ängsten umzugehen, ich konnte ihnen zurufen: ‚Ihr seid nicht eingeladen in meinem Leben!' Ich war kurz davor, meinen Gefühlen nachzugeben und alles zu erzählen, was damals passiert war, doch dann zog er wieder seine Schlinge um mein Herz. Er drohte mir, dass er den Geldhahn zudrehen und alles meinem Mann erzählen werde. Ich würde den Frena nie mehr wiedersehen, und dass mir ohnehin niemand glauben werde, weil ich verrückt sei."

Alexandra brach ein weiteres Mal in Tränen aus. Die Kirchentür wurde geöffnet. Die Worte des Pfarrers drangen nun deutlicher nach außen.

„Der Herr sei mit euch.
Und mit deinem Geiste.
Es segne euch der allmächtige Gott,
der Vater und der Sohn und der Heilige Geist.
Amen."

Die ersten Besucher kamen ins Freie.

„Gehet hin in Frieden.
Dank sei Gott, dem Herrn."

Erneut setzte Orgelmusik für den Auszug aus der Kirche ein. Im Hintergrund konnte Sifkovits seine Mutter Baba erkennen. Sie suchte offensichtlich schon nach ihm. Kurz bevor sie beim Bankerl angekommen war und zu einer Schimpftirade ansetzten wollte, sagte Alexandra Bayer in die orgelmusikuntermalte Stille:

„25. Juni 1987 – das Mädchen trug einen Einhorn-Haarreifen auf dem Kopf."

19.

In Babas Ofen prasselte ein wohliges Feuer. Die fünf Menschen, die um den Küchentisch saßen, wirkten nachdenklich. In der Mitte des Tisches stand ein Blech mit Makarul, von dem sich die Anwesenden immer wieder ein Stück nahmen.

„Es tut mir so wahnsinnig leid, dass ich Ihr Messer gestohlen habe, Frau Sifkovits. Ich war von der Vorstellung eines perfekten Plans getrieben und habe den Kopf verloren. Ich schäme mich zutiefst für das, was ich getan habe. Bitte, können Sie mir verzeihen?“, flehte Alexandra Bayer.

Sifkovits' Mutter hatte ihre Hände verschränkt, als würde sie beten. Sie fixierte einen Punkt in der Küche und sagte kein Wort.

„Gut ist der Makarul, Baba“, sagte Frau Horvatits auf Kroatisch.

Es war bereits kurz vor Mitternacht. Alexandra lehnte sich an Frenas Schultern und begann zu weinen. Baba gab ihr zu verstehen, dass sie sich beruhigen solle und dass sie Alexandras Entschuldigung annahm. Danach strich sie Alexandra über den Kopf.

Die Stimmung in der kleinen Stube war sehr angespannt.

„Frau Horvatits, sind Sie sich ganz sicher, dass der Mann bei Ihnen im Schlafzimmer war, als er die Eier holte?“, fragte der Inspektor.

„Ganz sicher. Dort hing das Foto meines Sohnes ja all die Jahre. Meine Toilette ist ganz hinten, ähnlich wie in diesem Haus, nur muss man bei mir nicht nach links abbiegen, sondern die Tür ist gleich rechts daneben. Er hat offensichtlich die falsche Tür genommen. Das passiert fremder Kundschaft, die bei mir aufs Klo geht, häufiger", führte Frau Horvatits aus.

Der schwere Minutenzeiger der Küchenuhr sprang mit einem klickenden Geräusch auf die Zwölf. Der leise Ton wirkte in dieser Atmosphäre nahezu ohrenbetäubend laut. Der Inspektor schlürfte seinen Käsepappeltee, da er mit dem Geräusch den drückenden Lärm dieser Stille übertönen wollte.

„Jetzt fährt er in den Himmel", murmelte Baba.

Von draußen waren Schritte zu hören. Sie kamen immer näher. Die Küchentür wurde geöffnet und Inspektor Sifkovits blickte in ein bekanntes Gesicht, das zuversichtlich wirkte.

„Und?", fragte Sifkovits und sprang von seinem Sessel auf.

Die Person gab keine Antwort, sondern nickte nur ganz leicht. Der Inspektor suchte seinen Notizblock und bat seine Kollegin Gruber um einen Stift. Nachdem Frau Gruber ihren Kugelschreiber hergegeben hatte, begann sie, von einem iPad abzulesen.

„Es war tatsächlich am 25. Juni 1987. Genau jenes Datum, das auf dem Bild von Fredi Horvatits rechts unten zu sehen ist. Es passierte aber nicht in Oberwart, wie er seiner Mutter gesagt hatte, sondern in Steingraben bei Güssing. Nahe einem Waldstück. Die Familie hatte gerade das Haus der Eltern übernommen, einen alten Bauernhof, der noch nicht eingezäunt war. Es gab nur einen einzigen Zeugen, der mittlerweile verstorben ist. Er konnte sich an Jogging-High-Schuhe erinnern, ein rot-blau kariertes Hemd, an einen roten Kadett und dass ein kleines blondes Mädchen am Beifahrersitz saß. Danach ist die Familie von Steingraben nach Berndorf gezogen. Dort hat der Mann seine Elektrofirma weitergeführt."

„Konnten Sie den Mann identifizieren?", fragte ein sichtlich aufgeregter Inspektor.

Frau Gruber wischte auf ihrem iPad herum, bis das Foto eines Mannes Ende vierzig erschien. Er schüttelte gerade einer Politikerin die Hand und lächelte zufrieden in die Kamera. Es war offensichtlich das Bild aus einer lokalen Zeitung, die einen lobenden Artikel über die Elektrofirma geschrieben hatte. Stolz durfte der Mann eine Auszeichnung entgegennehmen.

Sifkovits nahm das Tablet an sich und zeigte das Bild Frau Horvatits.

„Ist das der Mann, der bei Ihnen war und an jenem Mittwoch in der Einfahrt mit Ihrem Sohn gesprochen hat?", fragte er und steckte dabei den Kugelschreiber in seine Westentasche.

„Ja, das ist der Mann", antwortete sie ohne nachzudenken.

Als Baba den Mann auf dem Bild sah, schlug sie die Hände über dem Kopf zusammen.

„Damit könnte Ihre Theorie stimmen, Herr Inspektor", sagte Frau Gruber, während sie das Tablet wieder an sich nahm. „Nur haben wir keinen Beweis für einen Mord. Ohne Beweis wandert der Fall als Stromunfall zu den Akten."

„Sie haben recht, Frau Gruber", musste Sifkovits enttäuscht zugeben. „Ein Stromunfall ist immer eine Kette von unglücklichen Zufällen, wie mir der Janisch erklärt hat. Verdammt!"

„Ich war doch dabei. Ich bin eine Zeugin!", sagte Alexandra.

„Sie waren damals fünf Jahre alt und außerdem können Sie leider nur bezeugen, was in Steingraben passiert ist, was traurigerweise aber kein Beweis für den Mord an Ihrem Bruder ist", stellte Sifkovits fest. Er kippte seinen Tee auf ex und griff sich ein Stück Makarul.

„Es gibt eben Tage, da verliert man, und es gibt Tage, da

gewinnen die anderen … oder so." Sifkovits dachte kurz über seinen Versprecher nach, dann wandte er sich wieder an Kollegin Gruber.

„Danke, Frau Gruber, Sie haben in diesem Fall wunderbare Arbeit geleistet und es war mir eine Ehre, mit Ihnen zusammenarbeiten zu dürfen. Sie können nach Hause fahren. Schönen Ostersonntag wünsche ich Ihnen."

Kollegin Gruber salutierte und verabschiedete sich von den anderen in der Stube. In der Hofeinfahrt drehte sie allerdings nochmals um und kam zurück in die Küche.

„Eine Frage noch", sagte sie.

„Das ist normalerweise mein Text", stellte Sifkovits fest.

„Sie haben noch meinen Kugelschreiber, Herr Inspektor, oder? Den hätte ich gern wieder zurück."

Sifkovits schlug sich mit der Hand auf den Kopf.

„Stimmt, Sie haben recht. Immer stecke ich fremde Kugelschreiber ein." Er kramte den Stift aus seiner Westentasche. „Die Macht der Gewohnheit!", mit diesen Worten gab er den Kuli zurück. Plötzlich hielt der Inspektor inne. Er kratzte sich unter seiner Ballonmütze und wiederholte den Satz: „Die Macht der Gewohnheit!" Ganz langsam drehte er sich zu seiner Mutter.

„Mama, du musst mir morgen in der Früh einen ganz großen Gefallen tun", sagte er.

„Ich hab dich ja eh schon auf die Welt gebracht!", entgegnete Baba.

Nachdem Sifkovits ihr seine Idee erzählt hatte, zeigte Baba ihrem Sohn mit der Hand den Vogel. „Du spinnst!!!"

Am nächsten Morgen klingelte bei Fritz Janisch das Telefon.

20.

Gewiss hat mich ihr Anruf überrascht. Vor allem am Ostersonntag, aber da es sich offensichtlich um einen Notfall handelt, bin ich bereit zu kommen. Ich bin grundsätzlich kein nachtragender Mensch, außer bei dieser einen Sache. Ich treffe in Stinatz ein und werde von ihr freundlich begrüßt. Sogleich führt sie mich in ihre Stube, um mir die Übeltäterin zu zeigen. Es ist die Kaffeemaschine. Ich bekomme einen kleinen Stromschlag, als ich vorsichtig darüber streiche. Wir gehen hinaus in die Einfahrt, wo sich der Stromkasten befindet. Nach kurzer Zeit habe ich den Fehler gefunden. „Der FI-Schalter ist defekt", sage ich zu ihr. Sie hat ihn seit der Renovierung vor zwölf Jahren nicht mehr getauscht, geschweige denn überprüfen lassen. Ich beruhige sie, dass es sich nur um eine Kleinigkeit handelt, die allerdings großen Schaden anrichten könne.

In meinem Elektroauto habe ich brandneue FI-Schalter mit. Dass ich die ganze Zeit von zwei Männern beobachtet werde, bemerke ich nicht. Ich baue den alten FI-Schalter aus. Als ich ihn in der Hand halte, greife ich zu meinem Stanley-Messer und ritze ein kleines Kreuz auf die Rückseite. Somit weiß ich, dass dieser Schalter defekt … plötzlich höre ich eine Stimme, die „STOPP" ruft. Zwei Männer treten in die Einfahrt.

21.

„Stopp“, rief Inspektor Sifkovits, als der Mann etwas in den FI-Schalter ritzte.

„Mama, hast du gerade gesehen, was er gemacht hat?“, fragte Sifkovits seine Mutter.

„Ja, das habe ich“, antwortete sie.

„Herr Janisch, haben Sie gerade gesehen, was er gemacht hat?“, fragte Sifkovits weiter.

„Ja, das habe ich“, antwortete Fritz Janisch.

„Ich habe auch gesehen, was Sie gerade gemacht haben“, schloss sich Sifkovits an.

Der Mann blickte verdutzt in die Gruppe, die um ihn stand.

„Herr Haas, ich verhafte Sie wegen Mordes an Fredi Horvatits“, sagte Inspektor Sifkovits, während er dem Verdächtigen seine Dienstmarke unter die Nase hielt.

Die Ankündigung stieß beim Gegenüber auf Unverständnis.

„Wie bitte!? Ich kenne gar keinen Fredi Horvatits. Warum soll ich den umbringen?“, erklärte Haas.

„Ich kann Ihnen sagen, warum, Herr Haas.“ Sifkovits trat näher an den Mann heran. „Ich glaube, es ist folgendermaßen abgelaufen: Sie sind von Steingraben nach Berndorf gezogen und waren hier in Stinatz nicht bekannt, außer meiner Mutter, bei der Sie über Jahre Ihre gekratzten Eier für Ostern besorgt hatten. Nach einem Disput mit meiner Mutter, die Ihnen vorwarf, ihre Eier teuer weiterzuverkaufen, beschlossen Sie, diese in Zukunft woanders zu beziehen. Das ist mir ehrlich gesagt ziemlich egal …“

„Wie bitte?“, warf Baba ein.

„Nein, Mama, ich mein … es hat nichts mit dem Fall zu tun.“

„Schon besser!“

„Darf ich jetzt weitermachen?“, fragte er.

„Bitte!“, antwortete seine Mutter.

„Also. Sie haben beschlossen, Ihre Eier in Zukunft woanders zu kaufen. Ihre Wahl fiel auf Elfriede Horvatits, die Mutter des Ermordeten. An jenem Mittwoch gehen Sie am Vormittag zu ihr, machen Small Talk und fragen irgendwann einmal, ob Sie das Klo benutzen dürfen. Blöderweise landen Sie im Schlafzimmer der alten Dame, da Sie sich in der Tür geirrt haben, wie viele auswärtige Kunden.

Im Schlafzimmer fällt Ihnen ein Foto auf, das den jungen Fredi Horvatits vor seinem neuen Opel Kadett zeigt. Er trägt Jogging-High-Schuhe, ein rot-blau kariertes Hemd und rechts am unteren Bildrand entdecken Sie das Datum, an dem dieses Bild gemacht wurde: 25. Juni. 1987. Fredis erste Ausfahrt. Es wird Ihnen mulmig zumute, da viele Indizien passen. Als Sie danach den Mann in der Einfahrt treffen und ihn als jenen vom Foto identifizieren, steigt Ihre Nervosität ins Unermessliche.

Fredi Horvatits telefoniert zu dieser Zeit gerade mit dem hier anwesenden Fritz Janisch, da er ein elektronisches Problem mit seinem Türöffner hat. Sie hören das, stellen sich als Elektriker vor und bieten Ihre Hilfe an. Fredi Horvatits ist einverstanden und Sie beide fahren zu seinem Haus. Eine Nachbarin hört Ihr Auto.

Als Fredi Horvatits dann noch 25687 als Türcode eingibt, gibt es für Sie keinen Zweifel mehr. Sie haben den Mann gefunden. Dieses Datum löst in Ihnen die schlimmste Erinnerung aus, die ein Mensch haben kann. Im Juni ist nicht die Zeit für Wildwechsel. Fredi Horvatits hat an diesem Tag kein Reh angefahren, sondern einen Menschen. Ihre vierjährige

Tochter kam bei diesem Unfall mit Fahrerflucht ums Leben. Das tut mir unheimlich leid, Herr Haas. Ein Zeuge konnte sich an den roten Kadett, das Hemd und die Jogging-High-Schuhe erinnern. Horvatits' kleine Schwester Alexandra saß am Beifahrersitz und hatte den Unfall mitbekommen. Der löste bei ihr eine Posttraumatische Belastungsstörung aus, die sie bis heute nicht überwunden hat.

Dann betreten Sie das Haus, Herr Horvatits zeigt Ihnen das Problem mit dem Türöffner und erzählt Ihnen, dass er jetzt mit seinem Fahrrad eine Runde drehen und danach ins Solarium gehen würde. Sie wittern Ihre Chance. Das Solarium ist Ihnen bekannt, auch die Probleme, die es damit gegeben hat. Unsere Recherchen haben ergeben, dass Sie selber eine Zeit lang mit dieser Marke gehandelt haben, so wie Herr Janisch.

Als Fredi Horvatits das Haus verlässt, haben Sie alle Zeit der Welt, das Solarium so zu manipulieren, dass Fredi Horvatits an einem Stromschlag sterben würde. Wann das passieren würde, war Ihnen nicht klar, aber dass es passieren würde, schon.

Rache ist ein furchtbares Motiv. In Ihrem Fall kann ich es teilweise nachvollziehen. Es brennen manchmal nicht nur Stromkabel durch, sondern auch die Sicherungen im menschlichen Gehirn."

Herr Haas blieb während der Ausführungen des Inspektors stoisch und gefasst. Sifkovits konnte nicht einmal einen Funken von Nervosität bei dem Mann feststellen.

„Das ist ja eine tolle Geschichte, Herr Inspektor", sagte Haas bestimmt, während er ein feines Lächeln aufzog. „Elektrounfälle passieren immer wieder, erst vor einem halben Jahr hat sich ein Jugendlicher mit seinem Smartphone in der

Badewanne getötet. Doch angenommen, dieses fantasievolle Märchen würde der Wahrheit entsprechen, Sie haben keinen einzigen Beweis gegen mich in der Hand."

„Das stimmt, Herr Haas."

„Na eben. Dann kann ich ja jetzt gehen. Die Reparatur ist ein Ostergeschenk."

Haas drehte sich um und ging Richtung Eingangstor.

„Aber sie haben einen Beweis", rief ihm der Inspektor nach.

Augenblicklich stoppte Haas.

„Was?", fragte er, ohne sich umzudrehen.

„Da, in ihrer Hand!" Sifkovits deutete auf den kleinen FI-Schalter. „Die Macht der Gewohnheit, Herr Haas. Ich habe zum Beispiel die Gewohnheit, dass ich fremde Kugelschreiber in meine Westentasche steckte und danach vergesse, sie zurückzugeben, der Herr Janisch hat die Angewohnheit, seine Parkscheine auf dem Armaturenbrett zu stapeln, meine Mutter sperrt nie ihre Türe ab und Sie, Herr Haas, haben die Angewohnheit, in defekte Elektroteile kleine Kreuze zu ritzen. Das ist wie ein Fingerabdruck. Jede Ritztechnik hat ihren eigenen Charakter. Fragen Sie meine Mutter."

Sifkovits zog einen kleinen FI-Schalter aus seiner Westentasche. Er stellte sich direkt vor den Elektriker und hielt den Schalter in die Höhe.

„Diesen Schalter haben wir in Fredi Horvatits' Haus gefunden. Sehen Sie das Kreuz?"

Haas nickte leicht.

„Wenn wir die beiden Kreuze im Labor vergleichen, werden wir feststellen, dass es sich um dieselbe Technik handelt wie bei dem Schalter, den Sie gerade geritzt haben. Damit können wir beweisen, dass der Schalter manipuliert wurde und es sich nicht um einen Unfall handeln kann."

Haas blickte dem Inspektor tief in die Augen.

Sifkovits hatte ihn!

„Aber für die kurze Vorbereitungszeit war mein Plan ganz gut, oder?", fragte Haas mit einem süffisanten Lachen.

„Ja, Herr Haas, das war er! Und ohne die Schwester des Opfers wären wir vielleicht nie auf Sie gekommen. Ein kleiner roter Kieselstein reicht oft aus, um große Steine ins Rollen zu bringen."

Haas nickte und überreichte Sifkovits den defekten FI-Schalter. Sifkovits holte ein Taschentuch aus seiner Weste, um den Schalter nicht mit seinen Fingern zu berühren. Danach steckte er das Beweisstück in ein Frischhaltesackerl.

„Frau Gruber, Sie können Herrn Haas jetzt mitnehmen", rief der Inspektor nach draußen.

Frau Gruber kam herein und griff nach ihren Handschellen.

„Die werden wir nicht brauchen", sagte Haas.

Sifkovits deutete Frau Gruber, dass es in Ordnung sei. Kurz darauf hörte man ein Polizeiauto davonfahren.

„Danke für Ihre Hilfe, Herr Janisch", sagte Sifkovits, während er den Schalter im Sackerl musterte.

„Kein Problem. Einen FI-Schalter manipuliere ich jederzeit!"

„Den hast aber ganz schön reingelegt, Spatzl!", sagte Baba und kam näher. „Was habe ich denn ganz am Anfang gesagt? Der Haas ist ein Hundling. Hör in Zukunft öfter auf deine Mutter."

Sifkovits nickte.

22.

Um kurz nach elf Uhr war Sifkovits mit seinem grünen Peugeot 206 bereits auf der A2 im Wechselgebiet Richtung Eisenstadt unterwegs. Seine Frau Carina würde schon zu Hause auf ihn warten. Der Kofferraum des Peugeot war randvoll gefüllt mit Eiern und Makarul. Carina liebte diesen Nussstrudel.

Etwa zur gleichen Zeit gab es in einer Hütte in Litzelsdorf eine emotionale Aussprache zwischen Alexandra Bayer, ihrem Mann und einem Tiroler namens Frena.

Das Bargeld aus den Eisboxen und die Sache mit dem Marihuana sollten in Sifkovits' Endbericht keinen Platz finden. Gut möglich, dass Alexandra und Frena bald in Fulpmes einen Hauptwohnsitz anmelden würden.

Etwa zur selben Zeit freute sich eine Frau über ein gekratztes Ei mit der Aufschrift: „Für Elli. In Liebe. Dein Basti."

Sifkovits war derart in seine Gedanken und seine Vorfreude versunken, dass er vergaß, den Temperaturanzeiger im Auto im Auge zu behalten.

Fünf Minuten später suchte er zwischen den Makarul-Strudeln sein Pannendreieck im Kofferraum. Die Flasche Güssinger Zitrone lag leer auf seinem Beifahrersitz.

Babas Makarul

(Stinatzer Bezeichnung für Nuss- oder Mohnstrudel)

Zutaten
Für den Teig:
200 ml saure Milch
10 dag Zucker
60 dag glattes Mehl
8 dag Butter
1 Würfel Germ (42g)
2 Eier
3 Dotter
15 ml Rum und eine Prise Salz

Für die Füllung:
30 dag geriebene Walnüsse
ca. 6 EL Honig
Zimt gemahlen
3 EL Milch oder Schlagobers
1 EL Vanillezucker
2 EL Butter zum Bestreichen

Zubereitung
Den Germ mit der lauwarmen Milch verrühren, etwas Mehl einrühren und an einem warmen Ort rasten lassen. Eier, Dotter, Zucker, Rum und Salz schaumig schlagen.

Die Butter schmelzen und unter die Eiermasse einrühren. Die Hefemischung mit dem übrigen Mehl und der Eimischung in einer Schüssel zu einem glatten Teig verarbeiten und nochmals 30-40 Minuten rasten lassen.

Für die Fülle alle Zutaten vermischen und abschmecken. Dann den Teig ausrollen, zwei Drittel mit der Nussmasse bestreichen und einrollen.

Auf ein mit Butter gefettetes Backblech legen und mit flüssiger Butter bestreichen. Nochmals aufgehen lassen und bei 170 °C ca. 30-40 Minuten schön braun backen.

Übersetzung von Babas Schimpftirade

Eines, liebe Leserinnen, liebe Leser, bin ich Ihnen noch schuldig geblieben: Was hat denn Baba tatsächlich im Büro von Sifkovits' Vorgesetztem auf Kroatisch von sich gegeben? Dazu muss ich vorausschicken, dass sich Baba Sifkovits in einer emotionalen Ausnahmesituation befand und sie Menschen grundsätzlich sehr gerne mag, aber wenn's um ihren Buben geht, dann wird sie zur Löwin ;-)

„Sie sind ja wirklich der größte Trottel, der mir je im Leben begegnet ist. Aber der Herrgott im Himmel, der wird für Gerechtigkeit sorgen. Gottes Mühlen mahlen langsam, aber gerecht. Früher oder später wirst du im Dreck sitzen und um Hilfe flehen, aber dann werden mein Sohn und ich an dir vorbeigehen. Warum? Weil wir an das Gute glauben, aber uns auf das Böse verlassen können!
Wenn du so blöd wärst wie groß, dann könntest du kniend aus der Dachrinne saufen. So ein grauslicher Mensch, mit deinem depperten Schnöselanzug. Solche Hosenscheißer wie dich, die haben wir früher als Frühstück in der Pfeife geraucht.
Schau ihn dir an, Bua! Der schaut doch aus wie der klassische Klassentrottel. Wahrscheinlich ist er beim Völkerball-Spielen immer als Letzter gewählt worden. Heilige Maria Mutter Gottes, bitte halte mich zurück, sonst gebe ich ihm eine Watsche, dass er mit dem Arsch auf die Uhr schaut. Nein, ich mache mir nicht die Hände dreckig, an jemandem der den Titel ‚Mensch' nicht verdient hat.

Jedes Rindvieh hat mehr Anstand als dieses Problemgut, den sie als Kind zu heiß gebadet haben. Bei dem fährt der Lift nicht ganz nach oben!! Wenn der Papa noch leben würde, oh Erzengel Michael, der wäre in so einer Situation sicher zornig gewesen, dass ihm die Russen in der Gefangenschaft sein Sturmgewehr abgenommen haben.
Mach den Mund zu, sonst wird die Luft ranzig.“

Glossar

A

Ansapanier-besonders schöne Kleidung

B

Bankerl-Bank
blad-dick
Bua-Bub
bumzua-sehr betrunken

D

Depp-Dummkopf
deppert-dumm
Dirndl-Mädchen
Dolm-dummer Mensch

E

Eierschwammerl-Pfifferlinge
Einkaufssackerl-Einkaufstüte
Erdäpfel-Kartoffeln
Erdäpfelpuffer-Reibekuchen
Estragonscheißer-Trottel

F

fad-langweilig
Falott-Gauner
Fetzen-Rausch

G

gacken-kacken
Gatsch-Schlamm
Gelse-Stechmücke
Germteig-Hefeteig
Geselchtes-geräuchertes Fleisch
Gfrast-Nichtsnutz
goschert-frech
Goschn-Mund
Graffl-wertloses Zeug
Greißler-kleines Lebensmittelgeschäft
Gschaftlhuaber-Wichtigtuer
Gschloder-schales Getränk
Güssinger Zitrone-Limonade aus dem Südburgenland

H

Häferl-Tasse
Hallodri-leichtlebiger, unzuverlässiger Mann
Häusel-unzuverlässiger Mitmensch
Heisl-Toilette
Hoizlog-Holzschuppen
Hosenscheißer-Feigling
Hundling-niederträchtiger Mensch

J

Jogltisch-Bauerntisch

K

Klumpat-unnützes Zeug

Knacker-Knackwurst

Kofferkind-Idiot

Konkurs-Bankrott

Körberl-Körbchen

Küchenkastl-Küchenschrank

L

Leberkäse-Fleischkäse

Leiberl-T-Shirt

M

Marille-Aprikose

Maschekseite-Rückseite

O

Oida-Alter

P

Palatschinke-Pfannkuchen

Palmkatzerl-Palmkätzchen

paradeisrot-tomatenrot

pecken-picken

Pfarrblattl-Pfarrbrief

Pinze-Osterbrot aus Hefeteig

Proletentoaster-Solarium

pumperlgsund-kerngesund

R

Radl-Scheibe

Rotzpippn-Rotzbengel

S

Schmalz-Schweinefett

Sesselleiste-Fußleiste

Slivovitz-Pflaumenschnaps

Speis-Vorratskammer

Standl-Verkaufsstand

U

Urschl-einfältige Frau

W

Watsche-Ohrfeige

Weibetz-Frau

Z

Zwetschke-Pflaume

Zwetschkenmandl-Weichei

Danke an:

Birgit und Marina sowie dem ganzen Team vom Ueberreuter Verlag für die perfekte Betreuung. Ohne euch wäre dieses Buch nie erschienen.

Danke an Herrn Halm und Herrn Angerer (er entlarvt jeden Fälscher) von der KRIPO und an Herrn Dr. Reiter von der Gerichtsmedizin für die fachmännische Beratung. Danke an Bernhard Haas, den Elektriker meines Vertrauens, der mir bei der Durchführung der Tat fachmännisch zur Seite stand und mir Dinge über Elektrizität so erklärte, dass ich sie auch verstehen konnte :-)

Ebenfalls herzlichen Dank an Lieselotte, Emil, Katharina, Angelika, Thomas, Geli, Anna, Christian, Julia, Diethmar, Katharina, Franzi, Klaus, Simon, Clara, Blacky, E&A, Andreas, Manuel, Maria, Markus und die ganze Clique vom See, Mag. Chitil, Mag. Bayer und alle, die mir in Ottenschlag Kraft, Mut und Lebensfreude zurückgaben, die Bevölkerung von Stinatz, Tante Rosi für die Übersetzung und das Rezept, an die Oma (am Buchcover) und natürlich an alle, die dieses Buch gekauft haben.

Johann und Hugo: Ich weiß, dass ihr das da oben mitbekommt.

Euer Thomas

Drei Fragen an Thomas Stipsits

Was ist deine liebste Erinnerung an Ostern in Stinatz?
Thomas Stipsits: Wir hatten damals ein paar Hasenställe. Es gab eine ältere Häsin namens Gabi, die mir sehr ans Herz gewachsen war. Mein Opa hat mir damals erzählt, dass Gabi mit dem Osterhasen zusammenarbeitet, und hat sie jedes Mal am Ostersonntag ganz früh aus dem Stall genommen und versteckt, um mich glauben zu lassen, dass sie gerade die Nester versteckt. Während wir dann suchten, brachte mein Opa Gabi wieder zurück.

Kennst du dich mit Elektrik aus?
Thomas Stipsits: Ich bin sehr gut darin, eine Glühbirne zu wechseln. Ansonsten liegen meine Talente eindeutig woanders :-)

Ist das wirklich deine Oma am Cover?
Thomas Stipsits: Na klar. Mittlerweile ist sie schon über die Grenzen des Südburgenlandes hinaus bekannt. Man könnte fast sagen, sie ist ein C-Promi. Meine Oma hat bis vor zwei Jahren noch selber Eier gekratzt und sie war ganz bestimmt eine wertvolle Inspirationsquelle für dieses Buch.